La séptima mujer

Cuentos dedicados

Claudia Aburto Guzmán

y

Francisca López

Ediciones Nuevo Espacio
editorial-ene.com

Palabras Preliminares

El título de este libro apunta a dos características del texto que queremos enfatizar: 1. Como indica la segunda parte "cuentos dedicados", se trata de una colección de relatos que tienen unidad en sí mismos y pueden leerse, por tanto, como textos independientes. Desde esta concepción, el orden de lectura es irrelevante y el conjunto puede pensarse como el producto de largas conversaciones entre dos amigas escritoras que les han llevado a concebir el acto de creación a modo de diálogo. 2. La primera parte del título, sin embargo, sugiere la unidad del conjunto. Leídos en el orden que proponemos, los relatos configuran una novela de crecimiento de mujeres desplazadas por el acto de la migración forzada o voluntaria. Desde esta concepción, la obra presenta la genealogía de esa figura solitaria (sus mitos, fantasías y experiencias) que John Berger denominó *seventh man* y que nosotras recreamos en femenino.

Independientemente de la manera en que cada persona decida ejercer su acto de lectura, observará dos voces literarias autónomas y con una personalidad propia muy marcada en ambos casos. Nuestras diferencias estilísticas y de tono son evidentes, como son evidentes las diferencias en las historias que cada una de nosotras elige contar y en los personajes que decidimos crear. Y son precisamente tales diferencias las que, en nuestra opinión, enriquecen el conjunto; su presencia refuerza lo que es común en esos momentos trascendentes que marcan las etapas del crecimiento de la persona y que queremos resaltar, en este caso, aparecen matizados por la experiencia de la emigración.

Claudia Aburto Guzmán y *Francisca López*

El cuento de nunca acabar

Francisca López

A Pepa J.

*E*rase una vez una niña que crecía en un pueblo del sur y de resolanas, en el que las tardes de verano eran largas y lentas. Eran tardes con tiempo para todo; jugar a jugar, jugar a pelearse con la hermana, jugar a aprender a coser con la abuela y aburrirse de jugar. Su juego favorito era escuchar las conversaciones de las mujeres mayores mientras cosían. Entre las historias que contaban, había una que le llamaba poderosamente la atención y que llegó a identificar como el cuento de nunca acabar. Trata del joven y guapo soldado que muere en la guerra y tiene trazos heroico-míticos, aunque esta muerte de soldado no ocurriera en el campo de batalla ni sirviera para salvar a la patria de la orgía de sangre en la que se autoexterminaba. A la adulta-que-fue-niña se le escapan los detalles. No sabe qué datos ha ido aportando quién al relato ni cuáles son fruto de su propia imaginación o de la de su hermana, cuya memoria retiene supuestos acontecimientos que la suya ha expulsado de su reino.

Madre y abuela, pero sobre todo madre, la contaban como si se tratara de un cuento que avanzaba tenazmente hacia su resolución; un cuento que provocaba apartes del tipo —fíjate, se me ponen los pelos de punta— en momentos clave, y que guardaba una sorpresa final para el oyente. Resulta que los que lo mataban al final eran —los suyos— los mismos con los que arriesgaba la vida día a día nadie sabía muy bien por qué o para qué. Historia mórbida, sin duda, que yo no me cansaba de oír, a pesar de saber el desenlace. No sé si era el argumento mismo lo que me atraía o era el ambiente de misterio que lo rodeaba. En mi imaginación se mezclaban tiempos remotísimos con palabras que no podía entender y una situación confusa en la que había dos grupos que luchaban a muerte por algo que debía ser muy importante y que ninguna de las dos explicaba nunca. Mientras ellas hablaban, imaginaba a los hombres con sus trajes verde oliva--tan diferentes de la ropa que llevaban mis tíos o mi abuelo-- y sus metralletas; los veía correr en medio de un bosque oscuro, tirarse al suelo, arrastrarse, esconderse en zanjas, parapetarse tras barricadas, disparar, caer. Y de todo hacía muchísimo tiempo.

Mi abuela tenía más habilidad para cargar los tintes melodramáticos. O tal vez no. La verdad es que no sé por qué digo esto. Quizás sea porque mi madre no es en absoluto melodramática; se lo impide su excesiva vitalidad. Cuando, por alguna razón, intenta hacer un papel que requiere este tipo de recursos, se nota a leguas (como diría ella) que se trata de algo bastante mal aprendido. Tampoco mi abuela debía tener especial predisposición al melodrama, ahora que lo pienso, pero por lo menos parecía más enamorada de las palabras. Le gustaban sobre todo los relatos religiosos, las historias de mártires protagonizadas por niños cuyo amor a dios los hacía salir en busca de moros que matar. O quizás sea sólo que ésas son las que mi memoria rescata, instructivas y edificantes todas ellas desde el recuerdo. Aunque había otras. Historias de todo tipo: la del vecino que llega borracho y le saca una buena paliza a la mujer, la de las vecinas de enfrente que son mujeres malas y provocan cada noche algún tipo de escándalo, la del muchacho al que su madre cuelga del humero porque es malísimo y la pobre no sabe qué hacer con él, la de la viuda que se casa con el cuñado porque qué va a hacer una mujer sola con tanto crío. No había historias felices. De la felicidad no hablaban nunca mi madre y mi abuela, como si fuera un vocablo ajeno a su vocabulario. Yo me dejaba fascinar por el sonido de sus voces y me perdía en el flujo de sus palabras. A veces, las interrumpía con mis preguntas, otras veces se interrumpían ellas mutuamente por desacuerdos respecto a detalles específicos que, de repente, cobraban una gran importancia. Mi hermana hablaba consigo misma mientras mecía su muñeco y parecía ajena por completo a cuanto allí se decía.

El joven y guapo soldado, sólo veinte años (¿o eran dieciocho?), con unos ojos negros como el niqui que alguna de las dos siempre llevaba puesto y grandes como platos, ojos que ninguno de los otros tres hermanos había tenido la suerte de sacar, es el protagonista de esta historia. Es fácil olvidarlo. Fácil perderse en los excursos habituales en la versión que mi madre ofrecía y fácil que todo esto aparezca en mi memoria mezclado con otras historias y con referencias casuales que nada tienen que ver con los hechos que entretejen el relato. Todos los miembros de la familia, hijos y nietos de los tres hermanos del chache Ricardo, el que mataron en la guerra, absolutamente todos los que tienen ojos negros y grandes se parecen invariablemente a él, según mi madre. El hecho de que ella no hubiera nacido todavía cuando murió nuestro héroe no es obstáculo para que adjudique dicho parecido cada vez que lo cree apropiado. Me pegunto cuál será la imagen concreta que habrá fabricado su imaginación de ese ser que, ahora que lo pienso, debía ser tan mítico para ella como lo era para mí.

Pues bien, el joven y guapo soldado estaba haciendo el servicio militar. Corrían tiempos de guerra. Debía ser 1937, año más o menos. Su compañía avanzaba para enfrentarse al enemigo y, en ese movimiento hacia la acción, pararon unos días en un lugar cercano al chozo en el que sus padres se refugiaban de las aguas revueltas por la guerra. Ninguna de las dos narradoras, ni mi abuela ni mi madre, aclaraba nunca por qué o dónde exactamente pararon los soldados. Ambas pasaban por alto estos datos voluntaria o involuntariamente; quizás porque les eran hartamente conocidos, o quizás por la escasa relevancia que los mismos tienen en el desarrollo del relato. Yo, sin embargo, siempre situaba la acción en un prado verde al lado de un río, en la falda de unos cerros de poca altura. Siempre había un inmenso cielo azul y sábanas blancas secándose al sol y, estaba segura, habían parado allí porque el mandamás tenía una novia que vivía cerca.

Ricardo, el joven y guapo soldado, al darse cuenta de la cercanía física de su familia y pensando que tal vez no hubiera otra ocasión en un futuro cercano, se atrevió a pedir permiso para pasar a verlos, permiso que le fue concedido. Así que echó un último cigarrillo con sus camaradas, que lo miraban con un pelín de envidia, cogió su hatillo y se alejó silbando, feliz y contento ante el próximo encuentro con sus padres y sus hermanos. Aquí siempre me interrumpe mi hermana, asegurando que estos datos son un invento mío. Yo me resisto; podría jurar que todo lo he oído antes y, aun así, tengo que admitir que es muy posible que todas y cada una de esas imágenes hayan ido siendo elaboradas por mi memoria a lo largo de los años. Sin duda, mi imaginación se esforzaba en rellenar los espacios en blanco y en encontrar respuestas a las preguntas a las que tanto mi madre como mi abuela contestaban casi invariablemente con un, —qué niña más preguntona. Y yo qué coño sé.

Los padres de Ricardo, que no habían sabido nada de él desde que se fuera varios meses antes, no podían dar crédito a sus ojos cuando lo vieron aparecer cerro abajo. Identificaron primero la forma de moverse, después el porte, más tarde la voz transportada por la brisa del amanecer y, por fin, sus rasgos: su pelo, su boca, su grueso entrecejo y sus enormes y bellos ojos negros. Los perros ladraban y saltaban de alegría, mientras el padre, que estaba sentado en la puerta del chozo, se levantaba de la silla y corría a recibirlo y llamaba a voces a la madre, que salía secándose las manos en el mandil. Este es otro punto en el que mi hermana asegura, y yo confirmo, que invento; ninguna de ellas lo contó jamás así. Lo que sí decían ambas es que enseguida empezó la madre a preparar comida (lo poquito que tenían, especificaba otra madre, esta vez la mía, cada vez que contaba la historia) y a disponer la panera con agua caliente para lavarle la ropa. Mi madre solía aventurar aquí, como respuesta a mi pregunta de qué se puso mientras le lavaban la ropa, —y yo qué sé, se pondría algo de su padre—. Lo misterioso y, sobre todo, fascinante para mí es que en este momento aparecían las narradoras como personajes del relato; mi abuela, que estaba embarazada de mi madre, estaba allí mismito, en aquel campo verde de cielo azul inmenso donde se secaban sábanas blancas al aire fresco de la mañana y en aquel tiempo remotísimo. Después, llegaban los otros hermanos, reían, cantaban, comían, hablaban de los animales, del frente (esta es una de las palabras que yo no entendía) y de lo pronto que iba a terminar la guerra. Mientras, las mujeres se afanaban para que el uniforme de soldado estuviera listo para el momento de la marcha.

Los superiores de Ricardo le habían fijado una hora de regreso, como el hada a Cenicienta, y había que darse prisa. La orilla estaba mala, decía siempre mi madre, y la ropa tardaba demasiado en secarse. Yo no entendía por qué no se había puesto el traje húmedo y había salido corriendo. Aunque lo pregunté muchas veces, ninguna de las dos me dio nunca una respuesta, aparte de —hay que ver lo que pregunta esta muchacha—. El caso es que no lo hizo y se le hizo tarde y volvió al puesto con unas horas de retraso; acontecimiento fatal cuyas proporciones solían expresar ambas narradoras con muecas y aspavientos, dada su inhabilidad para encontrar palabras que pudieran captar la cabal dimensión de la tragedia que estaba por desatarse. A mí aquí empezaba a acelerárseme el corazón, como si me sintiera responsable de comunicarle a Ricardo su necesidad absoluta de moverse, de darse prisa. Si hubiera una manera de hacerlo, si yo pudiera saltar en este momento a ese tiempo remotísimo y meterme en la historia, como lo habían hecho antes mi madre y mi abuela. Podría hablar con él, avisarle de la que se le venía encima. Entonces, él se habría apresurado, habría llegado a la hora que le marcaron y colorín, colorado...

Tras abundantes gestos faciales y manuales de ambas narradoras (más abundantes y pronunciados los de mi abuela, creo), escuchábamos que uno de los superiores del chache Ricardo (¿era un cabo o un sargento?) le pedía explicaciones que él, el pobre, trataba de dar lo mejor que podía y que no servían de nada porque el tal superior, siempre el mandamás en mi recuerdo, era un cabrón de mucho cuidao, que ojalá estuviera pudriéndose en el infierno, el joío asqueroso. Tanto mi madre como mi abuela dramatizaban esta parte de la historia con un diálogo imposible de reproducir, del que sólo recuerdo el final. Una vez establecido por el superior (cabo o sargento) que el soldado había desobedecido y que tal desacato requería la pena máxima, éste preguntaba: —¿Cómo quiere usted morir, soldado, de frente o de espalda?— A lo que Ricardo respondía con dignidad (y éste es uno de los momentos en que a mi madre se le ponían los pelos de punta): —Como no he hecho na malo, me pueden matar como quieran—. Manera más española de ser ante la muerte es difícil de concebir, piensa la adulta-que-fue-niña.

Entonces, esa respuesta, tajante y definitiva,

me parecía tan fuerte que siempre pensaba que estas palabras marcaban el fin. Pero no. Mi madre y mi abuela solían convertir el epílogo en la Gran Sorpresa y, por lo tanto, el verdadero final del relato. Aunque, a veces, estas explicaciones eran preámbulo o prólogo, todo dependía de la conversación en la que se insertara la historia. En las diversas versiones de ellas, lo más importante no parecía ser ese intercambio verbal (ciertamente melodramático) que había captado mi atención desde la primera vez que oí contar todo esto. Según ellas, era mucho más importante resaltar que el chache Ricardo había tenido que cavar su propia tumba antes de ser fusilado y que quien disparó, por orden del superior, fue su mejor amigo; un hombre que, aseguraban ambas narradoras, estuvo a punto de morirse él mismo después de lo que pasó, pero que siempre estaba ahí todavía vivo y sano para poder dar testimonio de los hechos. Aunque, años más tarde, llegué a conocer a este hombre, nunca lo asoció mi imaginación ni con el chache Ricardo ni con aquello que había sucedido en tiempos tan remotos.

Ese final que, en mi recuerdo, resaltaban ellas, el del fusilamiento ejecutado a la fuerza por el amigo de toda la vida, es no obstante refutado por los datos que aporta la memoria de mi hermana, tamizada sin duda por su propia imaginación. Dice ella que, en el relato de madre, el final no es ninguno de los que yo he referido; que la historia no terminaba así y que he dejado fuera la parte más interesante. Como siempre, pienso que es posible que tenga razón y que, de cualquier modo, su versión de los hechos es necesaria para que no se nos derrumbe nuestro mito familiar; el mito del héroe-soldado no se sostendría del todo sin la dimensión sobrenatural que esta otra versión le aporta.

En el recuerdo de mi hermana, la narración de madre continuaba más o menos de la manera siguiente: La familia, emocionada con la visita de Ricardo, había tardado en acostarse ese día más de lo habitual, así que el amanecer los había sorprendió en la cama. Antes de ver la luz del día, habían oído todos una música militar que a la madre del soldado le pareció preciosa. La melodía, que se oía a lo lejos (aunque muy clarita), la había impulsado a levantarse de la cama y salir a averiguar de dónde procedía una cosa tan bonita. Al abrir la puerta del chozo, había sentido un golpe de frío en la cara y había visto de pronto frente a ella dos mariposas negras, que revoloteaban ajenas a todo. En ese momento, había sabido que una desgracia le había pasado a Ricardo; las mariposas estaban allí para anunciarle lo que todavía tardarían unas semanas en confirmarle oficialmente. Dice mi hermana que está segurísima de que así es como lo contaba madre porque esta historia es la causa de que a ella le impresionen tanto las mariposas negras. A mí, me sorprende haber olvidado por completo esta parte del relato, pero no me extraña en absoluto.

La memoria de la adulta-que-fue-niña rescata sentidos, ahora que todo, incluida su propia infancia, le parece tan lejano y casi ajeno. Ahora que la muerte le resulta más familiar y menos escandalosa, ahora que sabe que hay otras guerras y otros héroes, recuerda aquellas tardes infinitas de los veranos del sur. En ellas, las mujeres de la familia hablaban y procuraban entretenerse en medio de la modorra de esas horas que ya no son las de la siesta sin ser aún las más frescas del atardecer. Hablaban, mientras cosían y no permitían que las niñas se movieran de su lado: —ahí quietecitas, que hace mucho calor todavía pa salir a la calle— y —si sois buenas, os compro un polo de leche cuando pase el tío del helao—. Ella aprendía entre sudores el amor a la palabra y a los relatos que éstas no tienen más remedio que hilar. Sudaba y empezaba a sospechar que las cosas nunca pasan de la misma manera para toda la gente. Empezaba a imaginar que los cuentos hacen la historia y que ésta, como aqué-llos, nunca acaba igual para todos, por mucho que nos empeñemos en el común —colorín, colorado.

Bienvenido Dr. Pan

Claudia Aburto Guzmán

a Estela Guzmán Véliz

*E*n 1978 llegó a Miami Dr. Pan. Venía directamente de la China vía Nueva York. Habrá tenido unos 38 años, soltero, pero esperando a su esposa a quien había conocido por medio de un periódico de la provincia de Xian. Lo conocimos por Dr. Pan aunque parece que su apellido era Yang. Tenía una oficina en Coral Way, frente al edificio Walgreens, erigido en los años 50. Para llegar a su oficina había que entrar por un pasillo y dirigirse hacia atrás del *Way*, cuyas dos vías las bordeaban una serie de estacionamientos angulados a 45 grados. Ahí no cabían autos de tanto traqueteo entre la pastelería de la señora Sánchez, el nuevo Banco Argentina, aquel Walgreens que ahora se sostenía vendiendo todo *on special*, las remodeladas oficinas de abogados que se especializaban en documentos de inmigración y la oficina del misterioso Dr. Pan.

El nombre del chino nos llegó de palabra de una pentecostal. Juraba que Dios la había bendecido a través del Pan. Traía siempre con ella las fotos de antes y después que probaban lo del milagro. En la de antes se la veía con una grotesca protuberancia en el área del abdomen. Una segunda persona le medía con una huincha el espantoso grosor que se reflejaba en la mirada asustada de la pobre mujer. Su pelo canoso y seco, decía ella, era el resultado de tanta pastilla recomendada por doctores que la veían y no sabían lo que tenía. Después de una cita le daban los traga y calla, y ya está. La de después era la que documentaba el milagro. En la fotografía nos encontrábamos con una mujer vibrante de unos 45 años recostada contra una palmera. La segunda persona con la huincha alrededor de la cintura miraba ahora a la cámara sonriendo y apuntando con el dedo a la marca previa. El pelo de la mujer, ahora bien peinado y color plateado, le acariciaba las sienes donde se veían leves patas de gallo que se acentuaban con la sonrisa abierta de la señora. —Si algo te duele chica—, nos decía, —dímelo que yo le digo al chinito que te arregle. Es un verdadero santo... Sabes que sigue soltero, aunque dicen que pronto llega la esposa que se encontró en el periódico aquél...

Tuvimos su nombre guardado por meses, casi olvidado en la olla de hierro heredada de la bisabuela y traída hasta acá por ser lo único que nos quedaba de ella. Allí caía todo lo que se guardaba por si acaso. De vez en cuando nos sentábamos en el piso y volteábamos su contenido para sacarle el polvo. Revisábamos todo buscando algo que nos pudiese servir para el ahora que seguía siendo precario. En esas ocasiones la abuela siempre contaba de sus días felices a la vista de los Andes. Terminaba su *rêverie* echándole la culpa a mamá por haberse ido a la ciudad, acto que eventualmente nos trajo a todos a Miami. Así fue que el nombre del doctor quedó archivado en la olla que teníamos en la sala al lado de la estantería que compramos en el Goodwill, almacén de cosas mal usadas.

Muy de vez en cuando su nombre surgía. La pentecostal trabajaba en la clínica de la calle ocho y cuando llevábamos a la abuela nos contaba de todos los milagros que iba haciendo el Pan. Nos contaba en voz baja y sólo después de asegurarse que no había nadie alrededor. —Chica—, le decía ella a la abuela, —no sabes lo bueno que es. Es un pan de Dios ese chinito. Mira a la pobre Lazarita. Doctor tras doctor la tenía de moribunda, pero fue donde ese santo chino y ahora anda por Flagler como si en la Habana. No creas chica, me costó convencerla, pero le dije que lo de chino es la mano de Dios probando a sus seguidores. Además, el Dr. Pan acepta todo tipo de seguros. No distingue entre el medicare y los HMOs. Y mira que puedes pagarle los tratamientos a plazo. Chica, te lo digo, si la ves ahora es mujer nueva.

La abuela llegaba a la casa riéndose de la locura de tanto cubano junto. Su risa era un cuchillo filudo que enterraba en las entrañas de nuestra madre, crítica oblicua pero cortante de la presente situación. Mamá trabajaba en una fábrica de carteras, allí cosía diez horas al día más *overtime*. Tenía 45 minutos para el *lonche* y 2 descansos de 15 minutos para ir al baño. Ella, junto a unas ecuatorianas, puertorriqueñas y peruanas, se doblaban sobre las máquinas Singers, hora tras hora, hinchadas de tanto aguantar el pipí. En casa nosotras preparábamos la comida, limpiábamos la casa y tratábamos de memorizar los acontecimientos de la segunda guerra mundial para la clase de historia.

La abuela, entre tanto, cascarreaba. Cuando llegaba mamá era un sin fin de acusaciones: —Que tus niñas son unas desobedientes, unas ingratas. Me miran como si me quisieran pegar. Claro como no puedo hablar inglés y estas tontas no tienen suficiente orgullo como para no olvidarse del español... ¿Para qué me trajiste? Eres una trotamundo. Qué mujer decente se viene con crías chicas a un país desconocido—. Pero lo peor era esa risa que soltaba cuando realmente quería herir.

Mamá trabajaba los sábados también, pero los domingos nos íbamos todos por el *causeway* hasta el parque junto a la playa. Allá nos juntábamos con los Viteri del Ecuador. Todo era una comilona de platos típicos. De vez en cuando aparecía la de los pentecostal que estaba empeñada en convertir a uno de nosotros. Ella se encargaba de traer los plátanos maduros que hasta hoy son para nosotras una delicia. Comíamos y cantábamos. No sé por qué nos daba por cantar canciones patrióticas y típicas de las tierras del sur. Canciones que con el tiempo dejamos de cantar pero si por ahí las oímos todavía recordamos las palabras. Después de comer la cubana sacaba sus fotos y el nombre del Dr. Pan flotaba entre nosotros tal cual el sonido de una campanilla en la iglesia. La abuela, más contenta en los espacios abiertos, sonreía benéficamente perdiendo su mirada en el mar.

La primera vez que fuimos a la oficina del chino fue a causa de la abuela. La noche de una de las comilonas se había despertado gritando el nombre de su marido, muerto y enterrado hacía ya años por allá en los campos de Coyaique. Le dio con que quería tomar un avión e irse. Que la estaba llamando. —¡Que me necesita digo!— gritaba. —Pero abuela si el abuelo está muerto—, la tratamos de calmar. —¡Qué están diciendo, mocosas mentirosas! ¡Cómo va a estar muerto si acabo de verlo! Qué pastillas de valium ni qué ocho cuartos. ¿Creen que me van a tener aquí encerrada como a esas viejas desteñidas que encierran en esa casa de viejos? Me voy, me voy al tiro. Tú hablas inglés, llámame un taxi que me lleve al aeropuerto…

El próximo día entramos con la abuela en la oficina del Dr. Pan. Era una oficina chiquitita con una oficinista regordeta que hablaba español y que forcejeaba con el doctor por hacerse entender porque ni él ni ella hablaban bien el inglés. El famoso doctor salía de detrás de una cortina que separaba el área de espera de la del tratamiento. Miraba a la secretaria, ésta le apuntaba al próximo paciente y él se le acercaba diciendo a éste algo poco inteligible pero haciéndose seguir con señas de manos. Los pacientes, de todas las edades y con caras de desesperanzados, lo miraban como a la gloria, siguiéndolo sin rechistar. Uno entraba, otro salía, dirigiéndose a la secretaria. Esta en español cubano les hablaba a los que salían igual que a sus hijos. —Este hombre es un milagro—, respondían todos. —Me siento iluminado. Mi mujer va a sentirse muy contenta esta noche—, decía uno. —Sí, sí chica, si acabo de pesarme. Treinta y cinco libras me ha quitado este chino de encima—, decía otra. La secretaria los escuchaba mientras procesaba las tarjetas de seguro, o contaba los dólares que otros pagaban a plazo. Y el chino seguía entrando y saliendo, sin hacer ruido tras la cortina y sólo hablando al acercarse a un paciente. Ese era el misterioso Dr. Pan.

Cuando llegó el turno de la abuela, ella se enviolentó. —¿Qué me va a hacer este chino de mierda? Les dije que me llevaran al aeropuerto, traidoras—. Cuando el doctor fue a tomarle la cara, dio un salto de cabra que dejó a todos con la boca abierta. Entre la vergüenza y la sorpresa logramos explicarle al doctor que la abuela estaba muy nerviosa y que oía cosas extrañas como lo del abuelo pidiéndole que lo acompañe. Él la miró quieto, sin pestañear, finalmente su silencio nos calló. La abuela se sentó y él le tomó la cara en sus manos. Le miró los ojos mientras le tomaba el pulso en la muñeca, después le miró la lengua y la punta de los dedos. Al fijar su mirada en las uñas casi soltamos la risa, acto que siempre ha delatado nuestro nerviosismo. La abuela en ese momento se dio media vuelta y nos soltó un puñetazo sorprendentemente fuerte para una mujer de su edad. —No sean huasas como su madre—, dijo. —Tengan más respeto que este hombre es un santo.

El Dr. Pan le pidió a la abuela que lo siguiera. Se perdieron tras la cortina. Los pacientes seguían llegando y entre ellos la pentecostal, diciendo que la había llamado mamá. Traía un cortadito de la pastelería y entre sorbo y sorbo conversaba con los pacientes que iban entrando. Los más impresionantes eran los con protuberancias o aquéllos cuya mitad de la cara se había paralizado. —Te digo chica, si no fuera por este chino yo sería un pordiosero. Los doctores comemierdas no quieren verme más y sin el uso de las manos no puedo trabajar. Mira que venirse uno a este país para rogarle a estos charlatanes de mierda. En todas partes es igual. Te digo, si no fuera por este chino...Oye chica, ¿ya le llegó la mujer? Mira que es un coñazo estar aquí solo y sin familia—. Cada paciente tenía su historia que remataba con adulaciones para el chino.

Al salir la abuela de detrás de la cortina la miramos con desconcierto. No parecía diferente y definitivamente no daba indicaciones de haber recibido una gracia de Dios. Eso sí, parecía más alta, cosa que interpretamos como parte de una alucinación nuestra. Esa noche nos sentamos igual que siempre a comer lentejas con arroz y una ensalada de lechugas. La abuela no había dicho nada sobre la visita. Por eso nos sorprendió tanto cuando de repente dijo con voz temblorosa de admiración, —Ese chino es un pan de Dios—. Y fue todo lo que dijo. Mamá nos miró pidiendo una explicación pero no teníamos explicación que darle. Al terminar de comer la abuela se dirigió a la olla de hierro. Cuando hubo encontrado la tarjeta se la guardó en la falda a cuadros que le gustaba usar y se fue a acostar.

La abuela quiso volver y volver. Establecimos una cuenta a plazo, ya que mamá no podía pagar todo a la vez. A veces la llevábamos nosotras y otras la pentecostal. Al llegar a la casa nos contaba las historias milagrosas que oía en la sala de espera: que a éste le había curado la infección de los ojos, devolviéndole la vista. Que a la otra los tratamientos le habían devuelto la fertilidad. Que Manolo ya puede comer sin que le sangre la úlcera. La hora de la cena llegó a ser la más entretenida. La abuela que ya conocía a todo el mundo nos mantenía al tanto de cómo andaban los milagros. Cada milagro parecía tener un efecto ramificador que eventualmente incluía a toda la familia. Poco a poco el paciente iba sanándose del mal particular. Pero a la vez empezaba a expresarse con menos hostilidad, la quejumbrez de la voz iba desapareciendo, el trato hacia los demás se dulcificaba, hasta que llegaba el día cuando se la oía reír sonoramente y un gran peso se deslizaba de los hombros de la familia hacia la nada.

Al principio mamá escuchaba estas historias con desconfianza. Decía que ya no estaba en edad para creer en milagros. Sobre todo desde que habían trasladado la fábrica al extranjero y tuvo que buscar trabajo en el aeropuerto. Beny, un marielito que conoció justo antes de que cerrara la fábrica, le había conseguido un trabajo. —Gracias a Dios—, concluía ella antes de levantarse de la mesa en las mañanas. Pero con el tiempo, el milagro se hizo evidente en la abuela y mamá se convirtió en una creyente febril. No había duda, el chino era un santo. —Miren como ríe su abuela, pero si hace años que no la veo tan feliz—. Mamá también sonreía al decirlo al tanto que nos abrazábamos admiradas.

Sí, el chino era otra cosa, no era un doctor común y corriente. La cura consistía en agujas, pastillitas rojas del porte de caca de conejo y hierbas. Las hierbas que mandaba con abuela perfumaban la casa. Las agüitas de la abuela reanudaron nuestra costumbre de la once. Llegábamos del Miami Dade Community College Sur y nos sentábamos con la abuela a tomar té. El de ella preparado con las hierbas del Dr. Pan y el de nosotras con un té oolong que nos habían vendido los dueños del restaurante donde trabajábamos de meseras. Fue en una de estas tardes que supimos del hambre que habían pasado ella y sus hijos durante la segunda guerra mundial. Recordaba que un invierno había tenido que matar a sus gallinas, una por una, para alimentar a los doce críos. Fue el mismo año que llegó tarde la primavera y las papas se pudrieron en la tierra. Al llegar el verano estaban todos tan flacos que se iban al monte a cazar liebres y a buscar moras silvestres.

Sentadas tan lejos de Coyaique y tantos años después, la abuela aún no podía entender cómo aquella guerra que estaba sucediendo tan lejos pudiese haber dejado a su país sin comida. Nosotras tratamos de explicarle que tenía que ver con la política de exportación y de que al ser aliados de los EE.UU, tenían que mandar todo lo posible. —Pero niñas—, nos dijo lejanamente entre sorbos, —¿cómo no iban a darse cuenta que dejaban a su propio pueblo con hambre? —Algunos días después, nuestro profesor de historia tampoco pudo contestar esa pregunta.

Nosotras fuimos las primeras en darnos cuenta que la abuela tenía algo entre manos. Empezó todo así como al descuido. Durante nuestras conversaciones nombraba al Dr. Pan, luego a Manolo, uno de sus pacientes y volvía a lo de que la esposa del Dr. Pan no había llegado aún. De vez en cuando nos preguntaba que por qué estudiábamos historia cuando si aprendíamos a escribir a máquina podíamos ser secretarias del Dr. Pan. —El pobrecito necesita alguien que sepa inglés para que conteste las preguntas de *medicare* y el *social security*—, decía dulcemente. —Abuela, es mejor ser profesora que secretaria—, respondíamos. —Sí, supongo… Pero Manolo dice que los profesores de Dade County no ganan ni dos porotos. Y él lo sabe porque fue profesor en Cuba y cuando llegó sacó su certificación de enseñanza y estuvo enseñando literatura en español en el Miami High School. Por eso se enfermó, porque tenía que enseñar hasta de noche para poder ganar lo suficiente para vivir.

Así empezó el nombre de Manolo a salir hasta en la sopa. Por fin mamá le dijo a la abuela que por qué no invitaba a Manolo a una de las comilonas. Eso fue todo lo que necesitó. Al mes la abuela se casó y se fue a vivir a un departamentito en el centro de la sa-ue-se-ra. Mamá quedó media triste aunque hablaba con la abuela a menudo. La pentecostal pronto la convenció de que fuera donde Pan. —Chica, en un dos por tres, te cura la depre y te aumenta la energía—, le dijo sin una chispa de duda en la voz.

Mamá empezó a ir regularmente y durante la cena nos contaba los milagros del santo chino. Cuando íbamos con ella teníamos que esperar en el pasillo por lo llena que estaba la oficina. La fila se desenroscaba pasillo abajo recostándose contra la pared. El hijo de la señora Sánchez pasaba a menudo con café recién colado y pastelitos de guayaba con queso. Si era la hora del almuerzo traía sanwiches cubanos, media lunas, croquetas y jamón con queso. Los olores se fundían al de las hierbas hervidas que emanaban de la oficina del doctor. El Dr. Pan, entre tanto, seguía trabajando solo detrás de la cortina, pero ahora al lado de la secretaria se sentaba el Dr. Suárez con su nombre bordado en la bata blanca. Se requería que cada paciente respondiera a una serie de preguntas que le hacía el Dr. Suárez: —¿Por qué viene a ver al Dr. Pan? ¿Ha ido a otros doctores a causa de estos males? ¿Qué tipo de tratamiento le ha dado el Dr. Pan? ¿Cuántas veces a la semana viene a verlo? ¿Hace cuánto tiempo? ¿Cuál es su sistema de pago?

Mamá logró informarse que al Pan lo estaban

vigilando porque la comunidad médica encontraba sospechoso el hecho que pudiese curar tumores sin la necesidad de operarlos, y que pudiese desentoxicar a un drogadicto sin inyectarlo de drogas farmacéuticas, y que pudiese reconstituir completamente los músculos atrofiados por un infarto. Pero lo que causó verdadera sospecha fue cuando se corrió el rumor de que el Dr. Pan había curado a un enfermo del SIDA. Los que tenían HIV llegaron como ovejas al monte. Se sentaban apartados y envueltos en todo tipo de ropas aun cuando hacía calor afuera. El Dr. Pan salía de su escondite para escucharles el pulso, mirarles los ojos, los oídos y las uñas de los pies. Los otros pacientes miraban espantados sin lograr apartar la vista. El Dr. Suárez en cambio se levantaba tirando la tabla sobre la mesa diciendo, —Por Dios Pan, no puedes hacer eso adentro—. El chino calmadamente seguía haciendo observaciones y luego le hablaba bajito al paciente y éste o pasaba detrás de la cortina o se iba, acurrucándose aún más dentro de su abrigo.

Mamá nos contó que en una ocasión fue tanta la molestia de Suárez que éste irrumpió tras la cortina dando vozarrones. Los que esperaban se sintieron invadidos aunque no eran ellos los que estaban recostados tras la cortina. Casi enseguida, el Dr. Pan salió seguido por el Dr. Suárez que continuaba haciendo un escándalo. Los pacientes lo miraron con tal desprecio que éste dio la vuelta y se fue. El Dr. Pan volvió tras la cortina pero pronto salió. Pidió a todos que se fueran y volvieran en la tarde. Él tenía que restituir el equilibrio en el cuarto de tratamientos. A los que estaban adentro en el momento del disturbio les prometió una sesión gratis, ya que tendría que reparar el daño que tal violencia podría causar. Él aseguraba que sólo en un profundo silencio las agujas podían disolver los bloques de energía que causaban diversas enfermedades a sus pacientes. Ellos aseguraban que en el silencio sentían la mano de Dios guiando la del chino y que por eso irrumpían a llorar como niños. Cuando terminaba la sesión se sentían tan aliviados que volvían a sentirse capaces de amar.

Cuando mamá empezó a tropezar con el nombre de Arturo cada vez que contaba un nuevo milagro, supimos que el tratamiento del Pan empezaba a encauzar sus ramificaciones. —El santo chino—, contaba mamá, —le ha sanado la pierna a Arturo. La que los doctores operaron siete veces después del accidente. No lograron devolverle la movilidad, tampoco el sentir. El pobre andaba cojeando por todas partes. Ahora parece un chiquillo subiendo las escaleras de dos en dos—. El suspiro de mamá nos dio cabida para decir como al descuido, —¿Por qué no lo invita a comer mamá?— Así lo hizo. Arturo vino a comer, después siguió visitando hasta que un día se quedó. Al poco tiempo tuvieron que casarse porque la abuela le dijo a mamá que no volvería a poner pie en casa si no se casaban. —Cómo se te ocurre andar actuando como una cualquiera en frente de tus hijas. ¿Qué ejemplo es ése? Mira que ahora son universitarias y tú no puedes avergonzarlas de esa manera.

A la boda vinieron la pentecostal y otros pacientes del chino. El no pudo venir porque estaba esperando noticias de su esposa que aún no llegaba. Parecía una convención de medicina alternativa. Después de las firmas que consagraban la unión se pusieron todos a comparar hierbas, métodos de preparación, sabores y efectos. También compararon pastillitas. Ahora venían en diferentes colores y portes pero siempre redonditas. Las cajas ya no estaban sólo en chino sino también en un inglés mal escrito. Todos rieron cuando Arturo dijo que uno de los ingredientes de sus pastillas era testículo de buey. Y se convirtió en una competición cuando otra dijo que las de ella tenían aletas de tiburón. —Eso no es nada, chica, yo casi me desmayo cuando leí que las mías tenían semen de novillo—, dijo la señora Sánchez. —Psssss, eso no es nada, las mías tienen tripas de ranas hervidas—, contestó Manolo a carcajadas. —Se las tengo ganadas. las mías son de hongos hervidos en pipí de vaca—, dijo Lazarita. Así siguieron hasta cansarse de la risa. En el silencio que siguió la abuela dijo, —nunca te abandonaremos Pan, nunca—. Momentos después se pusieron todos sentimentales y contaron sus milagros dándole gracias a Dios por haberles mandado al chinito. Cuando se fueron, nosotras ya estábamos roncando. Soñábamos con que algún día podríamos enseñar los verdaderos acontecimientos que causaron la guerra de Viet Nam, intervenciones que se habían repetido clandestinamente en El Salvador. De vez en cuando entraba el chino al sueño y decía en un español perfecto: —Si combinan hongos con alas de murciélago y pipí de rana, y les dicen la verdad, pueden devolverles la salubridad a las víctimas del *Agent Orange*.

El día que nos reventaron el tapabarros en dos inmediatamente pensamos, —Tenemos que ver al Pan—. Habíamos tenido que esperar, ya que salir de la Florida International University al mediodía era casi imposible. Después el tráfico en el Tamiami Trail estaba hecho una locura. Vimos al Thunderbird negro por el espejo. Venía a todo *full* y no paró, chocándonos por detrás. Nos miramos pero no encontramos nada roto, aunque sí sentimos un súbito dolor en el cuello y en la espalda. Mientras esperábamos a la policía llamamos a mamá para que nos hiciera una cita con el chino. Más tarde al llegar a casa la abuela y Manolo estaban esperando. —Lo siento mis niñas, el chinito no puede verlas hasta el sábado, pero me dijo que se metieran en la tina con agua bien caliente y echaran estas hierbas en el agua—, dijo la abuela. —Bueno ya, pero más tarde, porque ahora queremos tirarnos en la cama y dormir un rato—, respondimos sintiéndonos agotadas. —Ni lo sueñen. Dijo el doctor que por más que quieran dormir, no lo hagan. Si quieren les pongo un paño de hierbas en la espalda. Eso también lo recomendó el chinito.

La semana pasó lenta mientras esperábamos nuestra bendición. Finalmente, llegó el sábado y todos nos levantamos entusiasmados. Mamá preparó el café, Arturo hizo las tostadas y nosotras nos duchamos pensando que era nuestro turno de ver lo que había detrás de esa cortina. Por fin sentiríamos las agujas del Pan penetrando nuestras carnes. Casi temblorosas nos subimos al auto. Como por el accidente nos había quedado una sombra de temor no quisimos tomar el *highway I-95*. Por lo tanto tomamos la avenida 27 hacia el sur y de ahí cualquier entrecamino que nos permitiera llegar más rápido. La cita era a las diez y llegamos justo a tiempo. Ibamos con suerte, ya que encontramos un estacionamiento angulado en el *Way* enfrente del Walgreens. Fue difícil cruzar la calle. Todos tenían prisa y la mañana era breve. Cuando por fin cruzamos nos dirigimos al ascensor de atrás para evitar la cola que habitualmente llegaba al primer piso. Nuestros pasos hicieron eco en el pasillo solitario. Al salir del ascensor en el segundo piso notamos que había gran silencio y al dar vuelta a la esquina vimos que no había nadie en el pasillo. —No me digas que está cerrado—, pensamos, mirando de nuevo el reloj pulsera. —¿Estará enfermo él? ... —Cómo se te ocurre, él enfermo... —Tal vez por fin llegó la esposa y la fue a buscar ... —No lo creo. Nos habrían llamado. Alguien lo hubiese sabido. ¡Total ésa probablemente ni existe!

Al llegar a la puerta intentamos abrirla pero estaba cerrada. Volvimos a intentarlo, esta vez dándole a la puerta con el hombro. Tratamos una tercera vez por esa obstinación que a veces se apodera de nosotras. Cuando el dolor de los hombros nos convenció que no abría, levantamos la vista. Nos quedamos paradas, escuchando, como desde lejos, los vozarrones de la señora Sánchez. Ella se acercaba a paso rápido y dando soplones, urgiéndonos que leyéramos el anuncio pegado en la puerta. El cartel decía:

> Este negocio ha sido cerrado por orden de los administradores de Dade County y la oficina de Servicios de Salud del Estado de la Florida. Los dueños del presente se encuentran bajo investigación. Su licencia está suspendida hasta la fecha que la corte del distrito decida sobre el caso. El juicio se llevará a cabo el día 6 de julio en la corte del centro a las 10:00 de la mañana.

Paradas frente al letrero, la señora Sánchez sudando y resoplando a nuestro lado, nos fuimos dando cuenta que alguien se había lavado las manos. Ahora la máquina estatal lo borraría haciéndonos dudar que jamás había existido. Con gesto compasivo la señora Sánchez descansó su mano sobre nuestros hombros. No queríamos mirarla. No queríamos ver el temblor de sus carnes bajo el vestido empapado. Toda ella rebosaba la vitalidad que el chino le había dado. Sentimos envidia como toda mujer leprosa ante la lozanía de otra. Sus carnes habían conocido el punzar de las agujas. Sus órganos habían sentido la limpieza causada por esas pastillitas manufacturadas en algún lugar tan lejos de aquí. El silencio la había mecido tras esa cortina que albergaba los secretos del Dr. Pan. De repente rompimos a llorar, el hipo nos atragantaba cuando la señora Sánchez, intentando consolarnos dijo, —no se muevan, voy a llamar a su abuela—. Se dio vuelta y empezó a mover ese cuerpo voluminoso y radiante. Había tomado unos cuantos pasos cuando sin querer se nos escapó, —espere, no nos abandone usted también.

Cosas que pasan

Francisca López

A Esther R.

*E*ra domingo por la tarde. Habían ido a misa de doce y, al salir, Manoli la convenció para que fueran a dar un paseo por la carretera. Al principio, se resistió porque su madre le había dicho varias veces que, al salir de misa, derechita a casa; pero después pensó que su madre no tenía por qué enterarse y, si se enteraba y le decía algo, le contestaría que había tenido que ir con Manoli a hacer un mandado. Además, que Manoli le había dicho que tenía que contarle lo que había visto la noche de antes cuando ni su padre ni su madre se habían dado cuenta de que estaba despierta; que era un secreto muy importante y que le tenía que jurar que no se lo iba a decir a nadie.

Se encaminaron a la carretera siguiendo el recorrido habitual de montones de gente que hacía lo mismo todos los domingos de primavera; después de misa, por la calle del Puente o por la del Pilar, todos a dar el paseo. Entonces casi no había coches y se podía andar sin problemas, jugar, correr, espiar a las parejas que se besaban escondidas en lugares estratégicos...

Los muchachos nunca iban con ellas a misa, pero a veces se juntaban en la fuente del Chorrito o en la puerta de la caseta de los peones camineros. Aquel día las estaban esperando al lado del pozo de la Micaela, pero Manoli al verlos, le tiró de la manga y le dijo que se escondiera, que no se podían ir con ellos porque tenía que contarle lo de sus padres. A Gabriela le molestaba cuando Manoli se ponía tan marimandona. Además, que las historias de sus padres ya se las sabía de memoria: El llegaba borracho, la madre empezaba a insultarlo, él se iba enfadando poco a poco hasta que le daba un empujón o un par de bofetadas a la madre, la madre empezaba a gritar, Manoli salía a buscar a la vecina de al lado, la vecina llegaba, hablaba con el padre, lo apaciguaba y se acabó. Siempre lo mismo. Aunque esta vez, igual se trataba de algo diferente porque Gabriela no había oído nada la noche de antes y normalmente, cuando los padres de Manoli se peleaban, se enteraba todo el vecindario.

Se dieron la vuelta y se sentaron detrás del peñascón del Torero para que los muchachos no las vieran y poder estar tranquilas. Manoli estaba medio rara; llevaba toda la mañana refiriéndose a lo que le iba a contar y ahora que por fin podían hablar a sus anchas no acababa de arrancarse. Gabriela, después de un rato de que si esto, que si lo otro, empezó a impacientarse y soltó medio de mala manera, —bueno, qué pasa, me lo vas a contar o no—. Manoli, entonces, empezó a llorar y a sorberse los mocos y, después de unos minutos así, empezó a como querer decir algo, —es que no sé si voy a poder porque no sé muy bien lo que pasó—. Gabriela vio en ese momento un coche rojo acercarse en el horizonte, cerró una mano y em-

pezó a recitar mentalmente —coche colorao, puño ce-
rrao…—, esperando que se le concediera el deseo que
iba a pedir. Al mismo tiempo, sintiéndose mal ahora
por el llanto de Manoli, le decía que cómo no iba a
poder contarlo, que empezara por algún sitio… Los
muchachos se habían cansado de esperar y se habían
levantado para irse y Gabriela pensó, ya está, ya se
me fastidió el deseo, hoy seguro que no podré jugar
con Jaimito. Manoli, mientras tanto, seguía sollozan-
do. El coche rojo seguía acercándose.

Después de dos o tres coches más (ninguno de
ellos rojo), la carretera se fue quedando vacía; sólo
quedaban una pareja escondida detrás de la caseta de
los peones camineros y ellas. Manoli había ido dejando poco a poco de llorar y parecía más tranquila, pero
no acababa de soltarse. Gabriela empezó a ponerse
nerviosa, pensando, verás tú la que me va a caer encima cuando llegue a casa y ya estén todos comiendo.
Quería levantarse e irse, pero no podía dejar a Manoli
ahí sola y todavía lagrimeando. Pasó un camión de
cemento a una velocidad de tortuga. Unas moscas revoloteaban en torno a la cabeza de Manoli. A la pareja
de detrás de la caseta algo no le había salido bien
porque se estaban peleando a grandes voces. Gabriela
no aguantaba más el aburrimiento y, además, que su
madre la iba a matar… Cuando ya se levantaba, harta
de ser buena amiga, Manoli empezó a hablar.

No podía dormirme. Tenía mucho calor porque mi madre todavía no ha quitado los cobertores de
la cama y me estaba dando mucha sed. A él no le gus-
ta que nos levantemos en medio de la noche; dice que
las noches se han hecho pa dormir, no pa estar yendo
a beber agua a la cocina, además que está harto de

tanto mocoso y lo único que le faltaba es toparse con nosotros también a media noche. Así que me quedé quietecita en la cama, sin hacer ruido, inventando historias que me iban a pasar cuando fuera tan grande como mi hermana, para ver si así podía quedarme dormida. Estaba pensando que a lo mejor, para entonces, tendría un novio más guapo y más simpático que el de ella, pero no podía imaginar su cara, ni su cuerpo, ni su sonrisa, así que me concentré con todas mis fuerzas en verle por lo menos los ojos. Entonces sentí abrirse la puerta. Mi madre encendió la luz de su cuarto y se sentó en la cama, queriendo saber, me supongo, en qué condiciones venía. El entró a la cocina, encendió un cigarro y se sentó a fumárselo tranquilamente. Mi madre lo llamó. El no le hizo caso, como si no hubiera oído nada. Volvió a llamarlo y él le contestó, con un tono en el que no se notaba si estaba borracho o no, —ya voy, deja de joder de una vez, que vas a despertar a medio pueblo—. Apagó el cigarro, cogió un vaso de agua y se fue para el cuarto.

Gabriela seguía aburriéndose; no entendía a qué venía tanto misterio. Estaba preocupada por la hora y quería que Manoli acabara de una vez. Ya no quedaba nadie en la carretera más que ellas; los de la pareja de la caseta se habían levantado y se habían ido cada uno por su sitio. De pronto, apareció por el cerro del Membrillo otro coche rojo. Quedaba todavía un buen rato hasta que llegara a donde ellas estaban y Gabriela decidió que ése era el plazo que le daba a Manoli para que acabara de contar su —secreto—, ni un minuto más ni un minuto menos. Volvió a cerrar el puño y a concentrarse en pensar un deseo que pedir; ése era el problema, casi nunca se le ocurría el deseo hasta después que el coche había desaparecido y entonces ya no valía. Que su madre no le regañara cuando llegara a casa, que estuviera entretenida y no se diera cuenta de la hora que era. No, eso no; que Jaimito pensara que era la niña más guapa del pueblo. Tampoco. Que su padre viniera a por ella para llevársela a vivir con él. Manoli decía algo de una mano y otra mano y un cuchillo. Gabriela dio un respingo.

Le había puesto una mano en la garganta y le apretaba. En la cara de mi madre se notaba que, fuera lo que fuera, lo que estaba pasando no le gustaba. Con la otra mano, se sacó la navaja trapera que siempre lleva en el bolsillo, la abrió de un golpe y se la plantó en el cuello, mientras que bajaba la mano que había estado antes en la garganta hacia sus muslos. Yo no veía bien y me levanté y me acurruqué detrás de la puerta de mi cuarto. Mi hermana estaba como una piedra. Mi madre parecía muy asustada y le decía en voz baja, —por Dios, Miguel, por las niñas. Ten compasión, hombre—. El se enfurecía por momentos y le decía, —¿por las niñas, peazo puta? ¿Pensabas tú en las niñas cuando saliste a buscarme como si fueras un pendón cualquiera? ¿No querías que dejara de beber y me viniera a casa, que era mu tarde? Pos aquí me tienes—. La navaja se movía despacito, despacito, por el cuello de mi madre, mientras él le abría las piernas de un manotazo y le hundía los dedos entre ellas. Gabriela no entendía muy bien lo que Manoli le contaba, pero estaba empezando a sentir miedo. El coche rojo se acercaba. Hacía calor. Manoli se había disparado y ya no había quien la callara.

La madre pataleaba y trataba de quitárselo de encima, pero debía hacerse daño en el filo de la navaja, que estaba ahora parada, presionándole la garganta, porque después de unos segundos se quedaba quieta. Mientras tanto, él le pellizcaba los muslos con la otra mano y le mordía los pezones. Además de sed, me habían entrado muchas ganas de orinar. Estaba empezando a pensar que no iba a poder contenerme y que me lo iba a hacer allí mismo, detrás de la puerta de mi cuarto, porque, aunque lo intentaba, no podía moverme; igualito que si se me hubiera olvidado andar. Mi hermana seguía dormida y yo allí, como un poste, muerta de miedo. Mi madre lloraba, ya sin hacer ruido. El se movía como loco encima de ella. Y yo, como hipnotizada.

El coche venía mucho más lento de lo normal y Gabriela no sabía si mencionárselo a Manoli. Estaba casi segura de que iba a pararse y, al ver al hombre calvo que conducía, no sabe bien por qué, pensó en el padre de Manoli. Como en el cine, empezaron a mezclarse en su cabeza los detalles que Manoli le relataba con las imágenes que se iban sucediendo justo enfrente de ellas. Todo pasaba muy despacio, con gran parsimonia, y Gabriela tenía ahora mucho miedo. El padre de Manoli encima de la madre y la navaja que no abandona su cuello. El calvo del coche colorao sale del coche que ha parado justo al otro lado del peñascón tras el que se esconden ellas. Las mira desde la escasa distancia. El padre de Manoli se saca lo de orinar, que es grande y como un palo tieso, lo sostiene en la mano y obliga a la madre a mirarlo con la punta de la navaja. El calvo también se saca algo de la portañuela; es una cosa enorme que empieza a restregar contra el coche mientras las mira de reojo. El padre le mete eso a la madre por algún sitio entre las piernas y la madre grita y empieza a llorar más fuerte. La hermana sigue durmiendo. El del coche se agarra esa cosa con fuerza y mueve la mano palante y patrás, como con prisas. Manoli sigue sin darse cuenta de nada. El padre se mueve más deprisa sobre la madre. El del coche mueve la mano más deprisa. El padre se para de golpe y echa la cabeza patrás; tiene los ojos en blanco. El calvo pega un vahído, le sale una cosa blanca de ahí y echa la cabeza patrás; no puede verle los ojos, pero seguro que los tiene en blanco. Y Gabriela, como hipnotizada.

Manoli ni siquiera se había dado cuenta de que había un coche parado al otro lado de la piedra ni de que, aparte de ellas mismas, en la carretera no quedaba nadie más que el calvo con su cosa todavía en la mano. Gabriela, aterrorizada, le tocó en el brazo para llamarle la atención y le señaló al coche y al hombre con eso todavía fuera. Entonces Manoli, como si le hubiera picado una avispa, se levantó de un salto, agarró del vestido a su amiga y la arrastró para que empezara a correr con ella hacia las casas más cercanas. A Gabriela, el instinto de supervivencia le había permitido, por fin, recuperar la habilidad de moverse que el terror le había robado segundos antes. Con el corazón en la garganta, habían conseguido perder de vista el coche colorao y al calvo que lo había parado delante de ellas.

Cuando Gabriela llegó a casa, muerta de pánico y con una retahíla de respuestas inventadas para las posibles preguntas de su madre, se encontró con una sorpresa. Resulta que habían llegado unos parientes de la capital y la abuela, como siempre, había delegado en su hija la tarea de preparar algo especial para el almuerzo. Los parientes, que eran muy simpáticos, le habían traído una muñeca vestida de comunión con una crucecita dorada colgada del cuello. Habían oído que era una niña muy buena y muy lista, que leía muy bien y le gustaba hacerlo en la iglesia en la misa de los domingos, que tenía muchas amiguitas en el colegio... Y le decían que la próxima vez que vinieran iban a traer a su nieta para que se conocieran... Su madre había bajado al corral de los animales para matar un pollo que iba a aviar con arroz.

Las palabras de la abuela desataron un nuevo torbellino de imágenes: su madre sosteniendo el pollo entre las piernas y doblándole el pescuezo hacia delante para cortarlo mejor, el pescuezo del pollo entre las manos de su madre, aquella cosa entre las manos del calvo del coche rojo, la navaja en la garganta de la madre de Manoli, la navaja en el pescuezo del pollo, lo del calvo entre las manos de su madre, la madre de Manoli matando el pollo, el pollo aleteando, todos pataleando, manoteando, boqueando... Sintió el estómago revuelto y, subiendo la muñeca a la altura de su cara, apretó los labios contra la cruz dorada que le colgaba del cuello. El beso le ayudó a reprimir el vómito, que se le quedó atascado en la garganta, a la vez que dos lagrimones se le formaban en los ojos. Los parientes sonreían y su abuela decía, con orgullo en la voz, mientras le acariciaba la cabeza: —¡Ay que ver lo payasa que es esta muchacha! Se emociona con cualquier cosa.

Camino a Ft. Lauderdale

Claudia Aburto Guzmán

a Susana C. y J. Sánchez

*T*enía diecinueve años. Era de cachetes redondos que delataban una ascendencia mixta. Se creía alta, por lo menos con tacones, ya que había podido bailar con Vargas de nariz a nariz. A él no lo veía hacía un mes. Su mamá se lo había recordado esta mañana, agregando que estaba demasiado delgada y que ya era hora que se despabilara. —No es eso, mamá. En serio que no lo echo de menos. —Entonces déjate de correr tanto, pareces etiopiana. Si no fuera por los cachetes cualquiera diría que te mueres de hambre.

A ella le gustaba correr. A veces conseguía flotar como barco sobre las olas. Las piernas haciendo el mínimo de contacto mientras daba vueltas y vueltas por la pista del College. Pasaba a los demás tan silenciosamente que a veces se asustaban por lo repentino de su presencia. Entonces les daba un saludo con la mano, sonriendo apenas y seguía corriendo, la mirada fija en ese espacio vacío justo enfrente de ella.

Así fue como conoció a Vargas. Él se entrenaba

para la temporada de fútbol. Era estudiante en el College y como puntero tenía que ser rápido. Estuvieron saliendo durante el verano. En su auto iban a Matheson Hammock, una de las playas de Miami. Ahí se recostaban a tostarse mientras se miraban los cuerpos de reojo. Después él la dejaba en su casa y se iba a las discotecas de South Beach. Le dijo que podía conseguirle un carnet de identidad falso pero a ella no le gustaba la bulla así que para qué.

Cuando dejó de llamarla siguió corriendo en la pista, creyendo que si corría con más afán el problema se solucionaría solo. Pero no. Su cuerpo era joven y fuerte y podía aguantar mucho abuso sin que nada le sucediera. Entonces decidió no comer. Correr y no comer, seguro que eso daría resultados. Tampoco. Su cuerpo podía parecer el de una etiopiana pero seguía su marcha tal cual un reloj. Fue cuando se empezó a formular la idea que tendría que viajar hasta Ft. Lauderdale.

Por eso en la mañana le dijo a su mamá que iba a visitar a María, la de Hialeah. —¿Te voy a dejar?— —No, voy a correr hasta allá, para ver si puedo—. La mamá no dijo nada. Su hija estaba demostrando ser un pájaro raro y no quería pensar acerca de ello ahora, tal vez mañana. —No te preocupes mamá, llevo veinticinco centavos por si acaso tengo que llamarte—. Una vez en la pieza que compartía con la hermana menor, puso un par de jeans y una camisa vaquera en su mochila de estudiante. Llevaba una botella de agua, también por si acaso. La pista del College quedaba cerca, allí se cambiaría, quitándose los shores y la camiseta. Luego llamaría al taxi.

Al salir por la puerta se dio cuenta que el día

estaba espléndido. Era Miami antes del esmog y las sequías. Las nubes como torres parecían querer acariciar el cielo, pero éste tan inmenso y brillante se mantenía justo más allá de su alcance. Respiró profundo. Sus pulmones se abrieron como alas de mariposa. Por un momento la llenó la calma que sentía después de correr. Era un respirar pausado, un bienestar que le permitía notar todo detalle, incluso oír el latido de su corazón. Luego emprendió la caminata. Se propuso recordar este momento, segura que a su vuelta el mundo sería diferente.

En cambio desde la sala de espera no podía ver hacia afuera. Las luces eran todas florescentes y todos los que esperaban parecían desteñirse instantáneamente al entrar. Le recordó a aquella escuela de Hialeah donde de puro aburrimiento y falta de luz natural las estudiantes se turnaban la lectura de las fotonovelas importadas de México. Recordaba una en particular: Cecilia, mujer blanca y de buena familia se enamora de Reinaldo, un hombre negro de ojos verdes y abogado. Todo es ternura entre ellos. Él la adora como diosa blanca que es y ella de corazón compasivo le responde siempre con ojos lagrimosos. Un día van a cenar y a bailar, por supuesto a un lugar precioso donde todos tienen la suficiente sofisticación como para no mirarlos. Él, vestido de terno, se ve guapísimo. Ella tiene puesto un vestidito cursi pero sensual. Mientras bailan en el centro de la pista ella le dice que van a tener un hijo. Él (aún en el centro) se arrodilla tocándole el vientre y se le llenan los ojos de lágrimas. En ese momento empieza el melodrama. Él llora no de felicidad sino de temor que su hijo sea tan negro como él.

Sucede que desde que se casaron, la madre de Cecilia les ha bombardeado la conciencia con eso de que —Ni se les ocurra tener hijos. ¿Cómo se les ocurre pensar en un hijo? No se dan cuenta que todos lo van a cuestionar—. Aquí la fotonovela se tornaba predecible y ella recuerda haberse aburrido con el desenlace. Nace el niño. Los padres lo aman hasta el ahogo. —Mira que tiene tus ojos—, dice Cecilia. —Pero tiene piel más clara y tu pelo—, agrega Reinaldo. Llega la madre de Cecilia: rubia, de buenísima familia. Dice querer ver a su hija. —Está con el niño—, le informa Reinaldo. La madre después de titubear un rato (que sí, que no, que tal vez quiera pasar al cuarto del recién nacido) se rinde ante la inocencia del bebé. Cecilia y Reinaldo se abrazan felices mientras observan al niño mulato en brazos de la abuela blanca. Fin.

Ella medio sonríe. Pensar que cuando joven creía en la nobleza del amor. Entre tanto, la sala de espera seguía destiñendo a todos por igual. Se abrió la puerta, entró otra mujer. Al mirar a su entorno, ella se dio cuenta que era la única de facciones latinas y cara redondita. El taxista lo había notado inmediatamente. Mirándola por el espejo le dijo, —*Where you goin' young lady?* —*Ft.Lauderdale*—, le contestó. —*Alone? It's a bit far, you know? You look too young to travel alone*—. Ella se había puesto tiesa; así le sucedía cuando tenía miedo y rabia a la misma vez. Sintió que una ola de calor amenazaba sofocarla y el corazón se le desembocaba. Quiso gritarle que qué le importaba a él si era joven o no. Qué tenía que ver eso con lo que le sucedía. El no era nadie más que un taxista a quién ella le daría la única plata sobrante que traía consigo. Pero con voz fría que aprendía a controlar en ese mismo instante dijo, —*Just take me to that address, please.*

Repentinamente él se volvió para mirarla y dijo despacio, — *This address's familiar. Is someone waitin' for you?* — Ella se incrustó los lentes en el puente de la nariz antes de contestarle. — *Yes, thank you. Could you take me there, please* —. Con un ademán poco definible el taxista contestó, — *Sure, that'll be sixty bucks.*

Al darse vuelta el taxista, ella se secó las manos en sus jeans, flexionó los dedos para relajarlos y perdió la mirada en la lejanía. El sol seguía espléndido, pensó que esto lo recordaría siempre. El tráfico por el highway I-95 iba rápido, aún así le pareció largo el viaje. El taxista resultó ser jamaiquino así que el ritmo sincopado la acompañó hasta allá. Se dio cuenta que hacía tiempo que no escuchaba música de verdad. En el trabajo tenían la radio puesta todo el día pero ella sólo escuchaba la propaganda. Había oído el anuncio una vez y le surgió la idea, mas fue lenta en madurar. Tuvo que esperar un tiempo antes de volver a oírlo. A la próxima estaba lista. Anotó la información en un papel que después guardó en su cartera. Hasta decidirse pasó algún tiempo más y quién sabe qué cambios se estaban llevando a cabo en el mundo de la música. Le pareció haber oído que Bob Marley había muerto en el Mount Sinai de Miami. En ese momento lo recordó sólo porque el taxista estaba cantando el estribillo a toda voz, — *No… woman don't cry… In this great future, you can't forget your past… No, woman don't cry.*

Cuando llegaron él le preguntó que si la esperaba. — *No, thank you, you can leave* —. En cualquier otro momento hubiese agregado algo, quién sabe qué. Por lo menos le hubiese preocupado su propia transparencia, pero en cuanto el taxista estacionó frente al edificio sus ojos sólo pudieron ver las puertas que la condujeron a esta sala. Se bajó y pagó automáticamente. Momentos después se dio cuenta que el taxi se había ido y que ella subía las escaleras hacia el quinto piso. Ni siquiera pensó en tomar el ascensor, ya que hacía un tiempo se había dado cuenta que sufría de claustrofobia. Al abrir la puerta de la oficina destiñó instantáneamente.

En la sala de espera tenían un espejo que pensó de muy mal gusto. —¿Quién iba a querer mirarse bajo estas circunstancias?— Aún así se miró como de casualidad. Sus ojos parecían más grandes o tal vez era que su cara de repente había achicado. El pelo lo tenía todo revuelto y sufrió repentina vergüenza. No quería que la tomaran por una frívola. Fue a pasarse la mano para calmarlo pero creyó detectar un dejo de vanidad en un momento sumamente inapropiado. Entonces se paró y se sentó en otra parte. Tomó asiento en una esquina donde pudiese pensar y grabar en la memoria cada pensamiento que iba surgiendo sin censura en lo que aún reconocía como su conciencia. Luego esperó. Detrás de ella seguían entrando y saliendo mujeres de todas las edades.

Finalmente, desde muy lejos oyó que la llamaron. —*Miriam, come this way, please*—. Al entrar al cuarto le pidieron que se desvistiera y luego se recostara. —*The doctor will be with you in a moment*—, dijo la ayudante con gentileza. Ella asintió con la cabeza y se quedó muda, mirando el techo. Por un parlante que no ubicaba podía oír la canción que había hecho famosa el grupo Fleetwood Mac, *Rhiaaaaaaannon*. Le molestó la bulla y volvió a ensimismarse. Sabía que debería estar pensando en algo, mirando los detalles de la habitación tal vez, pero ésta no tenía ningún adorno. Las murallas estaban todas en blanco y sólo se veían instrumentos y una máquina. En ese instante se dio cuenta que nunca preguntó nada, ahora no tenía idea de cómo se llevaría a cabo todo. Por primera vez en dos meses se encontró con la mente en blanco, un blanco plomizo e inexplicablemente pesado. Sintió profunda soledad y se percató que ésta la acompañaría el resto de su vida.

Al entrar el doctor también entró la enfermera. Se sorprendió por lo jóvenes que eran los dos. El empezó a hablar en un inglés de frases cortas y rápidas, dirigiéndose solamente a la enfermera. Entre la canción que parecía estar a todo volumen y este peso que sentía, no pudo entender lo que decía pero lo vio acercarse con guantes blancos y de repente sintió un gran dolor en el vientre. El dolor fue agudo y sin aviso. El doctor hurgaba en sus entrañas sin cuidado alguno y de lejos le oyó decir a la enfermera —*It'll be three hundred dollars, ask her if she has them*—. Fue cuando sintió que la humillación la cubría con el peso de lana mojada.

Ella y Vargas habían estado juntos sólo dos veces. La primera ella no lo contaba porque estaba tan nerviosa que él apenas pudo entrar. La segunda vez se tomó una cerveza para lograr dejar de tiritar. Después, por una razón u otra, no se habían podido juntar y hacía un mes que él la había dejado de llamar. Ahora este hombre la penetraba bruscamente, sin hablar ni informarla de nada y ella no podía entender cuándo dejó de existir, cuándo dejó de ser la joven que creía en el amor. No pudo aguantar tremendo peso. Rompió a llorar con tal desesperación que el doctor miró a la enfermera y le dijo, —*If she doesn't shut up, I won't do this*—, luego salió dando un portazo. La enfermera con mucha ternura pero con un español tenso le susurró, —calla, calla, si no callas no volverá. Sin él no resolverás nada—. Para darle tiempo, la enfermera la depositó en otra sala de espera donde había una fila de mujeres recuperándose.

Al entrar recordó una foto que había visto en una de las fotonovelas donde una mujer con cara agotada cuidaba a una fila de hombres mutilados por un terremoto. Hubiese seguido entre las páginas de la historia novelada pero la vecina le empezó a decir insensateces. —*I know what you're feeling. It's scary when they tell you that if something goes wrong you may never have children. When they told me I just had to take a minute to think about it. I wanted to be sure. But don't worry, once you decide you won't feel a thing*—. Ella no dijo nada. Tan sólo la miraba y la miraba. Hubiera querido gritarle —¡estúpida, imbécil! ¿No te das cuenta que somos vacas para este grosero que ni siquiera nos dirige la palabra? ¿Cómo puedes aguantar que te penetren así, tan violentamente, tan sin importarle quién eres? Si por lo menos nos explicara el maldito *procedure*—... Claro que no dijo nada. La rabia que sentía le secó las lágrimas y le quitó el hipo. Pronto la enfermera volvió y ella la siguió, aprendiendo en esa trayectoria a acorazarse contra cualquier porvenir.

La adormecieron un poco y luego el doctor se acercó a ella, esta vez con su máquina. Oyó el ruido y sintió un dolor cortante en alguna parte lejana. Intentó localizarlo pero su indagación corporal paraba en los pulmones. Estos se abrían y se cerraban rápidamente como un acordeón, cuyo sonido odiaría de ahora en adelante. En algún momento creyó haber pedido que pararan, que ya no podía, que no sentía sus manos, que tenía sed, —por favor agua…quiero una gota… sólo… algo que me humedezca los labios—. Después pensó estar en un elevador sin luz. Este parecía caer a gran velocidad acompañado por un chillido agudo que rebotaba contra las paredes.

Cuando despertó era una más en la fila de mujeres recostadas. La enfermera le preguntó, ya menos tensa, —¿tienes a alguien que te lleve? —No, vine sola,— le contestó ella. —¿Te llamo un taxi? —Ya no tengo dinero, el taxista me cobró más de lo que pensé. —¿Puedes llamar a alguien?—No, nadie sabe que estoy aquí. Pero traje agua y puedo caminar. —¿Dónde vives? —Miami. —Sabes, yo tengo que visitar a una amiga, te llevaré. Tendrás que esperarme hasta que el doctor se vaya. Hoy sólo está aquí hasta la una—. Ella volvió a quedarse dormida.

Cuando se subieron al pequeño Datsun amarillo de la enfermera, ella notó que el sol estaba filudo y la luz cortaba sus pupilas. Entrecerró los ojos mientras que se concentraba en las preguntas que le hacía la enfermera. —No, no voy a la escuela, trabajo en una oficina, pero estoy ahorrando para poder ir al Community College. Sí, fue cuando dejó de llamarme. Sí, es el único que he tenido. No, no sabe que estoy aquí. No, no sé lo que siento. Creo que no siento nada, excepto este sol que me quema la cabeza.

Al despedirse se miraron sabiendo que no se volverían a ver. Ella en cuanto se dio la media vuelta no pudo recordar las facciones de la mujer que la ayudó. Volvió a mirar para no olvidarse pero la enfermera ya iba en tercera y su pequeño Datsun se apresuraba avenida abajo. Entonces empezó a caminar rumbo a casa. Esta mañana pensó que todo cambiaría notoriamente. Pero al mirar a su alrededor lo único diferente era la ausencia de nubes en el cielo y el sol que ya no acariciaba el horizonte, en vez, caía con crueldad sobre sus párpados aún hinchados.

Al entrar no había nadie en casa así que se fue a acostar. Durmió el resto de la tarde y al levantarse se duchó para limpiar la sangre que había caído. Cenó con la familia siguiendo la rutina de todas las noches. A los dos días la madre le dijo que estaba demasiado flaca y si no empezaba a comer la llevaría al médico. —Bueno, ya como, pero tampoco me gustan tanto las habichuelas—, contestó ella. —Si te compro aguacates, ¿te los comes? —Bueno—. Un mes más tarde Vargas la llamó. Quería saber cómo estaba, ya que no la había visto en la pista hacía algunas semanas. —¿Quieres tomarte un café? —Bueno—. Le sorprendió su calma. De hecho, hacía días que le sorprendía su falta de brío. Era más fácil consentir. Que la querían menos flaca, bueno. Que querían que limpiara la casa, bueno. Que querían que trabajara más horas, incluyendo los sábados, bueno. Ahora Vargas la llamaba y lo único que sabía hacer era consentir.

En cambio su mamá sí se enojó. —Qué quiere ese pelagato, ¿para qué vas a salir con él?—Ella no pudo contestarle, qué decir, en realidad no sabía por qué había aceptado la invitación. Vio la interrogación en la mirada de su madre. También reconoció el momento cuando su madre encontró aquella carta que ahora jugaba: —Hija, por qué no vas a correr, te sentirás mejor y conocerás a otras personas—. Le dieron ganas de reír, aunque tampoco estaba muy segura por qué. Desde hacía un tiempo todo le parecía demasiado obvio, transparente, como si los matices que antes le fascinaban al mirar hacia afuera se hubieran esfumado, tal cual desaparecían los restos por el tubo de la aspiradora. De pronto se dio cuenta que la madre esperaba una respuesta. Quiso molestarla. Así porque sí, no más. O tal vez porque ya no quería ser parte de la cadena de convenciones que la rodeaba. Controló la voz como había aprendido a hacerlo y le dijo.

—Mamá, ayer me decías que corría mucho, ¿hoy quieres que lo vuelva a hacer? ¿Qué coño quieres que haga?—La madre dudó un instante, lo suficiente como para no darle una bofetada a esta hija suya tan insolente, luego decidió rendirse ante aquella mirada fría y distante. Su hija era pájaro raro, muy raro y ella desde algún tiempo ya no la entendía.

Al entrar al café Vargas estaba sentado en la mesa de siempre, ocupando la silla de siempre, pidiéndole que tomara el asiento de siempre. Ella consintió. A mediados de la cita le dio la impresión que leía un guión. Mientras él la miraba le contaba acerca de la temporada de fútbol: un agente de la Universidad de la Florida lo había visto jugar y estaba negociando una beca. Su madre le había preguntado por ella. Sin su ayuda le había ido mal en la clase de matemáticas. Y así por el estilo, seguía y seguía hablando. Entre tanto ella recordaba una de esas telenovelas que había visto con María cuando de visita en Hialeah.

Blanca, mujer bonita pero pobre, conoce a Juan Carlos en la universidad. Él es de familia de renombre y pregona rebelarse contra las restricciones que su posición le impone. Dice amarla y al poco tiempo ella queda embarazada. Pronto él desaparece y ella tiene que dejar la escuela para trabajar tiempo completo. El vecino, Manuel, hombre noble, trabajador y guapísimo quien la había querido desde siempre, la invita a salir a pesar que ya la panza es notoria. En un restaurante elegante se topan con Juan Carlos quien la mira y le presenta a su novia, rubia, alta y delgada. En ese instante Blanca se da cuenta que Juan Carlos es todo palabra y hueca además. En cambio Manuel será del mismo barrio pero es hombre de acción. Al despedirse Juan Carlos, ella mira a Manuel y le dice que está segura que él ha de ser un ingeniero exitoso. Entonces, él saca una cajita y le dice que a pesar del niño que no es suyo, él quiere que ella lo acompañe en la trayectoria. Ella, descansando la mano en su estómago hinchado, le responde que sí. Manuel paga con tarjeta de crédito y se van seguidos por la mirada de Juan Carlos. En la última escena Blanca y Manuel se besan frente a sus casitas del barrio donde todos los conocen. Fin.

—¿Me estás escuchando?— le oyó decir a Vargas. —No. La verdad es que no. Mejor me voy—. No sabía exactamente por qué pero de repente sintió fuertes ganas de alejarse de este tipo. ¿Cómo no se había dado cuenta antes que su parlotear era puro guión de telenovela? —Espera—, le dijo Vargas alargando la mano, mientras clavaba la mirada en su ombligo, —Te ves bonita… así más llenita. ¿Quieres dar un paseo?— Ella lo miró, tal vez por demasiado tiempo porque él le dijo, —Miriam, ¿qué te pasa?

Más tarde, al recordar estos detalles probablemente comprendería por qué, al tenerlo en frente, no pudo seguir con los requisitos de la escena. Pero en ese momento volvió a sentirse sofocada, el corazón a todo galope. No sabía cómo decirlo, hasta ahora no se lo había dicho a nadie y jamás había pronunciado la palabra. Pensó que sería mejor decirlo sin preámbulos o mejor era no decir nada. Extendió los dedos sobre la mesa para controlar el leve temblor que la estaba sorprendiendo. Repentinamente se oyó decir, —¿No te das cuenta que ya no está?— El se quedó en un *freeze* vacuo, mirándola por un instante. Luego bajó la cabeza para encontrarse con la mano que cubrió su frente y mordió lo que quería ser un sollozo. Esto la sorprendió y sin saber por qué se acorazó como aquel día al entrar por segunda vez a aquella habitación. Pasaron unos segundos. Después él levantó la mirada y descansando la mano sobre la mesa dijo con voz de tenor, —has matado a mi hijo—. Ella sintió que el corazón volvía a su ritmo habitual: las cinco palabras truncaban la posibilidad de reencontrar los matices. Entonces alargó la mano y le pasó una servilleta para que se limpiara la nariz. Por la ventana vio el sol de Miami que como siempre seguía espléndido. Se percató del ritmo apremiante que parecía remecer el recinto. De repente se encaramó en la voz de Bono y equilibrándose en las notas de la guitarra del Edge escaló las paredes. Desde el techo cantó a toda voz *Sunday…bloody Sunday.*

Finalmente, sintió que se desprendía de algo. Al volver a mirarlo se dio cuenta que sería ella quien pondría fin a este melodrama. Entonces se levantó para salir. El la miró preguntándole, —¿No vas a decir nada?— Miriam puso la mano sobre la mesa, lo miró,

55

ya sin rabia ni pena y casi con ternura le dijo, —Sí, lo matamos.

Las uvas de la risa

Francisca López

A Estrella C.

*L*a última noche del año se acercaba y Juliana seguía preguntándose si habría milagro. En medio de frío tan inhóspito y rodeada de extraños, echaba de menos a todo-el-mundo, incluso a los menos allegados y hasta a los que nunca le habían caído bien. Dónde estarían sus amigos a las seis y media, a las siete, a las diez y media. Mejor no pensarlo. No quería deprimirse. Quería ser feliz. Más que ningún otro día, quería ser feliz. Esperaría su milagro hasta el último momento; que apareciera alguien-especial-que-llenara-el-gran-hueco-que-ella-misma-se-había–fabricado--sin-proponérselo-el-día-que-lo-dejó-todo-para-llegar--a-no-sabía-bien-dónde. Esperó hasta cansarse y, harta de esperar, decidió rendirse a la evidencia: la noche de fin de año no traía regalo de Reyes ni de Santa.

Y menos mal que se rindió porque el que apareció, mientras andaba en éstas, fue Barry. Ni más ni menos. Barry, con sus rodillas juntas y sus pies zambos, con su culo escurrido, con su mechón de pelo rojizo cayéndole por la frente hasta casi taparle un ojo, con sus pecas y su gran sonrisa. Barry con su alegría indestructible y su seguridad en sí mismo; seguridad condicional, desde luego, pero seguridad a fin de cuentas. Y, claro, ése no era el milagro que Juliana deseaba, así que se preguntó qué querría éste ahora, con lo pelmazo que era. Pelmazo, además de feo; con ese pelo colorao, esos ojos coloraos, esa cara colorá. ¿Cómo tendría la polla? Y le dio la risa. Las carcajadas se le escapaban por los ojos, la boca, la nariz. Ahíta de risa y sin poder parar, mientras el pobre Barry la miraba estupefacto, sin perder la gran sonrisa dibujada en su cara pecosa. Debía pensar que estaba loca, como todas las extranjeras; sobre todo, las latinas, todas ellas mitad Carmen y mitad Carmen Miranda, muy sexys pero locas e imprevisibles. El caso es que el pobre Barry tampoco tenía nada que hacer. Y eso sí que era patético porque él estaba en su tierra y sus amigos debían andar muy cerca. Aunque, tal vez no tuviera amigos. Se imaginó a Barry quinceañero, patito feo del instituto al que los otros chicos más divertidos, guapos y populares machacan hasta hacerle perder la razón, como todos esos personajes adolescentes extraños que aparecen en montones de *b-movies* hollywoodienses. Seguro que era eso. Desde luego, el perfil físico lo daba y que estuviera allí en ese momento, buscando la compañía de una expatriada melancólica como ella, lo probaba. El pensar a Barry en plan Carrie le dio pena. Pobre Barry, sin amigos, tan pesado, tan aburrido y tan feo. Tan colorao.

Juliana en su mini-cuarto frente a Barry, su no-milagro. No, no tenía planes especiales para esa noche, por eso no lo había llamado. Sí, suponía que iría a esa fiesta, aunque se temía que iba a ser bastante aburrida. John y María pasarían a recogerla dentro de un par de horas, iban a salir a cenar y, si quería, podía salir con ellos. Barry, encantado con la idea, sugirió: —*We must dress up*—. Y eso fue suficiente para Juliana. Vete tú a saber cómo pensaba Barry mejorar esa imagen de dios griego con que Pacha Mama lo había obsequiado recurriendo a la ropa. Había que vestirse bien, había que ponerse guapos, como se decía en su pueblo. Y el adjetivo guapo le provocó la risa otra vez. Juliana reía como enajenada mientras Barry, con su gran sonrisa y sin inmutarse, esperaba el permiso que acababa de pedirle para ponerse a curiosear en el armario, abierto de par en par. Recibido éste, empezó a mirar y a aconsejar indumentaria para ella; que se pusiera tal vestido, si no tal otro. Y ella, que no, que ya había decidido que se pondría el verde. El, señalando uno azul, preguntaba que si ése y ella, aburrida y preguntándose por qué habría tanto hombre daltónico, que no. Preguntaba si las perlas del collar eran auténticas y ella, indignadísima, mucho más de lo que sería normal ante pregunta tan simple, que no, que cómo se le ocurría tal barbaridad, que para qué quería ella perlas auténticas. Y que más valía que se fuera a 'ponerse guapo' porque John y María iban a llegar dentro de nada y todavía tenía que ducharse. Juliana se había pensado verde para recibir el nuevo año y verde había de ser. Verde viento, verde rama, el barco sobre la mar y el caballo en la montaña; verde Lorca, verde campo andaluz en primavera. La referencia a Lorca le había llegado vía Manzanita, pero esa noche se sentía poeta. Poeta y dispuesta a la empatía: Pobre Barry, tan sonriente y sin poder distinguir entre azul y verde.

Cuando llegaron John y María, Juliana ya llevaba un buen rato entreteniéndose con sus dibujos y sus reflexiones: la soledad, la Noche Vieja y otras noches, el sentido de la existencia, la cuadratura del círculo. El restaurante estupendo al que querían ir estaba cerrado y la única posibilidad de escaparse aquella noche era Margaritaville. Comida mejicana para dos españolas colgadas en el puto frío de Connecticut y para dos americanos más colgados todavía, porque al-menos-ellas-andaban-en-éstas-porque-no-estaban-en-su-tierra-cerca-de-los-suyos. Comida mejicana en Margaritaville y peso en el corazón. Ya era año nuevo en su pueblo. Todos estarían de juerga; borrachos y colgados, probablemente, como es de rigor en estos días señalados. Al otro lado del charco la gente sí que sabía divertirse. Juliana le entró a las margaritas. Tequila, limón y azúcar para aliviar el fuego interior y dulcificar la pena asociada esta vez con la lejanía de todo lo que le era familiar. Limón, azúcar y tequila, y la noche se tornó patriótica: —Y siempre la recordará, ¡que viva España!— María la acompañaba y contribuía con otras sugerencias: —El vino de nuestra tierra bebimos en tierra extraña—. Mucha copla y mucho sentimiento, pero lo que llevaban bebiendo toda la noche no era su alabado vino español, que en realidad nunca le había gustado demasiado, sino margaritas seudomejicanas. John y Barry parecían haber decidido que lo mejor era dejarlas y se dedicaron a engullir los enormes platos de comida que les habían puesto delante. La autocompasión alcanzó límites insospechados y Juliana entonó La Copla, por excelencia: —Adiós, mi España quería, dentro de mi alma te llevo metía—. Eso fue demasiado para María, que le pidió que no cantara ésa, que era muy triste. Juliana estaba de acuerdo y se calló unos segundos, pero no pudo evitar terminarla por lo bajini: —Y, aunque soy un emigrante...— Dijo *sorry* sin ninguna conciencia de estar pidiendo perdón, mientras Barry era una gran sonrisa pinchada en un palo.

La comida, que a Juliana le parecía bastante aceptable, dada la insipidez de la mayoría de las cosas que había probado desde que llegó, no acababa de convencer a Barry ni a John. Según ellos, no era *the real thing*, justo como las perlas. Pensó que los retoños yanquis aprenden a reconocer y valorar lo auténtico con la leche materna (o con su sucedáneo, el biberón). Para comida mexicana, lo suyo es México o, en todo caso, el South West. De repente, se sintió totalmente ajena a todo aquello. Su conciencia de estar fuera de lugar la golpeó como un latigazo y empezó a sospechar que, como para la comida no del todo mejicana de Margaritaville, quizás no hubiera un lugar para ella en el que sentirse dentro. Pero eso no podía ser, esa conciencia había que perderla, costara lo que costara. Esa noche necesitaba vivirse española auténtica; más española que Lola Flores, toro bravo de Mihura y botella de fino La Ina todo junto. Pobre Barry, esclavo de la autenticidad y totalmente convencido de que ella sí era *the real thing*.

La fiesta de fin de año en la residencia de estudiantes graduados no se presentaba especialmente atractiva, pero era lo que había. Barry, John, María y Juliana, plenos de alegría químicamente inducida, habían decidido contagiar a cuantos allí se encontraban, pero las condiciones en aquel cuarto desangelado eran menos que idóneas para que tal contagio pudiera efectuarse. Una gran mesa, cubierta con mantel blanco de papel, albergaba platos y vasos de plástico, un par de bandejas de canapés y otras chucherías para picar. Ocupando el centro de la mesa, adornada su base con ramas de pino y destacando notablemente del resto de los objetos, se encontraba un gran bol de vidrio lleno de una cosa rosa que todos llamaban *punch*. Tal sustancia debía tener un efecto similar al de las margaritas, pero a Juliana le parecía una guarrería y fue incapaz de llevárselo a los labios. Los festejantes se agrupaban de acuerdo con su etnicidad y charlaban distraídamente, mientras esperaban el momento de ver bajar en la tele la bola de Times Square. Eran casi todos extranjeros, aunque había también algún usamericano más colgado que una percha en un armario. Como Paul, aquél que cada vez que la veía le preguntaba lo de —Juliana, *do you know* Chiquitita?— Pensaba ella que él pensaría que Abba es un grupo español. O a lo mejor es que había percibido la mismidad europea, años antes de la existencia de Europa. Paul estaba en la fiesta, claro, y fue el primero en acercarse: —*Oh, Juliana, it's so nice to see you here! I'm glad you are having some fun; you work too hard*—. La perspectiva de Paul obviamente deformada por el hecho de que Juliana salía huyendo cada vez que lo veía aparecer en el horizonte. Otro que estaba allí era Warren, el mejor cosechero de marihuana con el uso de técnicas alternativas; cartones de leche, luces de neón y el armario de su cuarto de estudiante a los treinta-y-muchos años. Y Timmy, el matemático de la garra en el dedo meñique de la mano derecha. Tanta autenticidad era demasiado hasta para Barry.

María y Juliana estaban sorprendidas por la

cantidad de árabes que allí había esa noche. Una decía que creía que habría más chinos y japoneses; que de dónde habría salido tanto moro. Y la otra, que debía ser alguno de esos intercambios culturales en beneficio de los países menos favorecidos que siempre dejan el dinero y las mejores mentes del planeta en los USA. ¡Y sólo faltaban veinte minutos para comerse las uvas! Un chino las miraba y María estaba convencida de que era que le había gustado Juliana. El chino se acercó y, efectivamente, se puso a hablar con Juliana. Contó que se llamaba Tisao y que le encantaba el fútbol español; su equipo favorito era el Rrríal Mádrrri, la selección no había estado muy bien en el 82, pero el portero era un genio. Juliana se estaba fascinando con el chino, que además de simpático era guapo, cuando María llamó desde la distancia; —venga, que ya sólo quedan cinco minutos—. Y Juliana le explicaba a Tisao que en España se comen uvas en Noche Vieja; doce, una por cada campanada del reloj. Que ella y sus amigos iban a subir a su habitación, que la estaban esperando y que si quería subir a comer las uvas con ellos. Aceptó encantado. Un chino comiéndose las uvas en Connecticut! *How's that for authenticity*, Barry?

Subieron deprisa y prepararon la cuchara y la sartén para dar los golpes que iban a servir de campanadas. —¿Preparados?...Uno... dos... tres... cuatro...— María empezó a reír. Juliana se contagió hasta el punto de que, doblada sobre sí misma, le resultaba difícil seguir dando los golpes con la cuchara, así que se la pasó a María para que siguiera ella. Las carcajadas medio frenéticas, medio incontrolables, eran una forma de comunión entre Juliana y María. Reían y reían y trataban de tragar al mismo tiempo. Tisao estaba desconcertado, pero fue el único capaz de terminar de comerse las uvas en medio de su desconcierto. Ellas seguían riendo, como si estuvieran bajo los efectos de alguna droga poderosa. Los demás se atragantaban y las miraban, intentando discernir en qué momento habían quedado fuera de la celebración o, quizás, simplemente pensando que estaban locas. Y de pronto, —*Happy New Year! Happy New Year!*—. Barry, que vivía lo que debía ser el momento más exótico de su vida, bajó a por su cámara porque había que hacerse fotos. Subió con ella, más colorao que nunca por el esfuerzo. Sonríeron e hicieron las monerías típicas en ese tipo de situación; que si cheese, que si patata. Barry quería que fuera Tisao quien hiciera las fotos porque él no podía quedarse fuera, además que para eso era su cámara. Pobre, pobre Barry, para quien la noche estaba siendo tan memorable que quería eternizarla.

La fiesta continuaba abajo. Había habido champán, pero se lo habían perdido por irse antes de tiempo. Champán en vasos de plástico mientras habían visto descender la bola en televisión. Muchos ya se habían ido y los pocos que quedaban no iban a durar mucho. Paul se les acercó de nuevo para preguntar por qué no se habían quedado a tomar el champán. María le explicó lo de las uvas y él respondió, con gran originalidad, que —*Spain is different*—. Juliana volvió a pensar en sus amigos y en su pueblo. Allí ya estarían todos acostados o a punto de hacerlo, mientras a ella todavía le quedaban un par de horas que matar antes de anunciar que se iba a la cama sin provocar preguntas que sabía no querría responder. La pesadez y la fealdad colorá de Barry le cayeron de pronto encima como una losa mortuoria, efecto que no lograron contrarrestar ni el buen humor de María ni la simpatía de Tisao. Juliana se moría de soledad, de nostalgia, de tristeza. Y una vez más la vino a rescatar su curiosidad: ¿Sería ella igual de pelmaza y de fea colorá si hubiera nacido en Connecticut como el pobre Barry?

A tu vuelta

Claudia Aburto Guzmán

a Roberto de la Torre

*T*odo empezó el día que me avisaron de tu muerte. Tu tía llamó por teléfono, habló con mi madre y la casa se remeció. Al principio no capté muy bien los sucesos. Mi madre hacía años que confundía cualquier tragedia con la que había cambiado su vida: el suicidio de mi hermano. Escuchándola, traté de reconstruir los hechos.

Hacía un mes y medio que me habías llamado. De la secundaria te fuiste a navegar los mares y visitar los lugares exóticos que el *Navy* te prometía. Ahora recién vuelto de unos seis meses en el mar preguntabas que cómo me iba este primer año de universidad. La verdad es que no te presté mucha atención. Te pensaba como aquella mosca que aparece en la sopa después que crees haberla echado puerta afuera. Te dije claramente, recién salgo de una relación, corta pero intensa y no tengo ganas de entenderme con nadie. Hablamos un poco más y al colgar te olvidé.

Mamá no supo nunca de esa conversación y lo que narró ese día no me incluía en tu historia. Sucede que tu mamá le había contado a tu tía quien después le contó a mi mamá que a tu vuelta te habías juntado con el Mafia. Aquél que se reía de nosotros cuando andábamos de la mano, ¿recuerdas? Sí, aquél flaco como esqueleto que después se arregló los dientes, porque después de todo en Miami no caben los feos. Bueno, la cosa es que salían juntos a rondar las discotecas. ¿Por qué no? le dije a mi mami antes del juicio. Con veintiún años recién cumplidos, de nuevo en Miami después de tanto tiempo en el mar ¿qué creen que iba a hacer? Eso se lo dije a mi mamá, a tu madre no le pude mirar la cara ni en la corte ni en el hospital. Eran sus labios (igualitos a los tuyos) los que no quería ver. No sabía si decirle que yo fui la última en tocarlos. Claro, eso tampoco lo sabe mi mamá.

La cosa es que al juntarte con el Mafia tu madre inmediatamente se preocupó. Ya sabes, las madres a veces sin querer nos empujan a llevarles la contraria. Tú, intentando confirmar tu madurez, salías a menudo con él. Nunca te pregunté dónde iban, para qué si te olvidaba el momento que salías por la puerta. Esa noche salieron en el carro de Mafia. Tu madre en la corte le contó a mi mamá lo que tenías puesto: cómo tus pantalones apretados insinuaban tus muslos de hombre de mar; cómo la camisa abierta hasta medio pecho descubría una llovizna de pelo aún suave y ondulante. Ella te había dado una medalla de tu padre. La traía consigo desde que salieron de Cuba a tus cinco años. Mi mamá me contó a la vuelta del juicio preliminar cómo lloraba tu mami cuando le contaba que esa noche la tenías puesta. Yo recordaba muy bien aquella medalla. La había tenido entre mis dientes más de una vez desde tu vuelta.

Mientras escuchaba a mi madre te imaginé

como en tu foto de marino: más ancho de hombros que cuando andábamos de mano en mano en la secundaria. Te vi más guapo que al Mafia, porque Mafia sí que no había cambiado. Seguía igual de flaco, mediano de estatura y pelo rubio sucio. Tu mamá le echó la culpa a sollozos cuando lo vio en la corte. Pero esa noche ella te recuerda como el hombre más buen mozo. Tu hermanita de diez años también estaba en casa y te dio un beso al salir, colgándose de tus hombros que ahora le parecían montañas. Te había echado de menos aunque eras mucho mayor que ella. Recuerdo su figura frágil, cara delgada, blanquísima con pelo rubio albino y finísimo. No se parecía a ti. Tú eras más como yo, pelo abundante, negro y grueso. Tu amigo Angel decía que nos habíamos enamorado por la pasa. Cada uno buscando el reflejo del pelo propio en el otro. Aunque no eras parecido a tus hermanitos los querías, de eso sí que no cabía duda.

Pero como iba diciendo, esa noche saliste en el carro de Mafia. No sé si esto será verdad pero lo creo porque estaba muy de moda lo de andar en Camaros negros con neumáticos grandes y parlantes a todo dar. Fueron a una discoteca en la sa-ue-se-ra. Todos los cubiches de buena y mala racha ahí, listos para bailar y tomar. Tú no eras tomador, aún después de tu gira con el *Navy*. Por lo menos para encontrarte conmigo jamás necesitaste tirarte un trago primero. Nunca fallaste, aún cuando sabías que yo desde tu vuelta sólo te necesité a ratos. También sabías que entre llamadas te olvidaba pero aún así llegabas siempre puntual. No me pediste nunca nada. Te lo agradecí entonces, hoy todavía te lo agradezco.

Esa noche no sé lo que pasó. Aquí es donde la

historia se confunde. La embriaguez de mi hermano confunde la memoria de mi madre, a la memoria de tu madre la confunde la embriaguez de tu padrastro y tu tía tan confundida como yo tampoco sabe distinguir cuál hebra es la de la una y cuál la de la otra. La cosa es que entre tanta confusión, en el hospital, las dos se abrazaron comprendiéndose completamente en su pérdida. Yo en cambio sigo intentando descifrar lo que pasó. No sé si salían de la discoteca o es que estaba llena y no los habían dejado entrar. Por alguna razón intercambiaron palabras, quizás empujones con el *bouncer*. Luego cuando ustedes ya estaban en el Camaro, Mafia al timón, tú de pasajero, el tipo los paró. Quién sabe qué se habrán dicho en ese intercambio de machos bravíos. El *bouncer* estando al lado tuyo sacó la pistola y te disparó, despedazando tu cráneo. O quizás estaba al lado de Mafia y éste movió la cabeza al ver la pistola, abriéndole el paso a tu cráneo. Ya ves lo confuso que se torna todo. Ni durante el juicio me quedó claro lo que pasó.

Cuando llamó tu tía a mi mamá ya estabas en el hospital, en un coma que resultó perpetuo hasta que tu madre decidió desenchufarte. No había más que hacer. Estabas hinchado como un globo, los labios una mueca grotesca, tu cuello parecía el de un chancho. La cabeza completamente vendada escondía el cráneo partido. Todos lloraban. Habías sido el orgullo de tu madre. El menor de los dos hijos que la acompañaron al salir de Cuba había logrado escapar del hoyo de la pobreza en el cual ella había caído al casarse con uno de tantos perdedores. Ibas a salvarla, a ella y a tus dos hermanitos. Con el mayor no podía contar, estaba enmarañado en el mundo de las drogas que abundaban en las calles. Pero tú, tú habías decidido hacerte hombre, volverías fuerte, listo. La sacarías de aquella casa que se derrumbaba poco a poco. Todo esto se lo contaba a mi madre en la sala de espera mientras te desenchufaban.

Ya sabes que no fui al funeral. Habíamos quedado en que al día próximo de tu salida con Mafia iríamos a la playa. Cuando éramos más jóvenes íbamos tú, yo y Angel. Después de lo de mi hermano no quise ir más y unos meses después nos dejamos de ver. Pero así como de casualidad, unos días antes, quedamos en ir una vez más. Nos encontraríamos ahí. Pero ya ves, no llegaste. Fue la primera y única vez que has faltado. El día de tu funeral me fui a la playa. Angel y tu tía me llamaron pero no pude ir. Al mirar las olas no pensé en ti. No pensé en nada. ¿Qué pensar? Ya no estabas y la razón no podía ser más obvia. Al volver a casa mamá ya estaba dormida. Había un ramo de flores sobre la mesa y una cinta con tu nombre. Pasé de largo y me fui a acostar.

No te miento que a tu vuelta me sorprendiste. Me pillaste descuidada, ya que había pasado algún tiempo. Era de noche y tenía sueño, pero me invitaste al cine y decidí seguirte. Al entrar me di cuenta que era una película sin sonido. Había una que otra persona desparramada por los asientos. Todos muy pálidos y de ojos mustios. Las caras estaban iluminadas aún en la oscuridad, por eso vi que me sonreíste al tiempo que alargabas tu mano invitando a sentarme. Como estaba soñolienta tomé el asiento, recostando mi cabeza en tu hombro que ya no era tan grande. Más bien se parecía a aquél del joven que yo conocí en la secundaria. Miré la pantalla y ahí estaba yo yendo a la universidad, corriendo de noche, trabajando mucho y durmiendo poco. Vi también a mi madre un poco más acabada, a tu madre, triste aún, a tu tía preocupada por su hija mayor que estaba creciendo peligrosamente bella. Me vi desvistiéndome pronta a dormir. Me vi en la cama y sentí tu mano tocar la mía. Al darme vuelta ya no estabas. No sé si te eché de menos. Pero esta vez no te olvidé.

Desde entonces vuelves a menudo, como el otro día cuando me desperté al borde de la cama. Estaba boca abajo, mirando hacia el piso. Tus labios se desprendieron lentamente de los míos y después te observé: tu mirada tan cálida, tus facciones tan sin prisa. —Lo que ha de ser tiene que ser—, me dijiste, y volví a cerrar los ojos para poder tenerte un rato más. Finalmente, el hambre y el reloj me sacaron de la cama. Caminé el día buscando el roce de las cosas, algo que me retuviera como tu llegada cuando sueño. Pero nada, ni siquiera la caminata por aquel cementerio de la avenida treinta y dos. Y es que tu nombre en la lápida podría ser cualquier nombre. La piedra escuálida revela más la situación de tu madre que lo espartano de tu persona. Parada frente a tu tumba no logro decir lo que debiera haberte dicho ese día cuando ya tu cuerpo lo enterraban. Sólo cuando vuelves y caminas tú conmigo se me escapa, como una súplica: —debí haber ido contigo.

Búsquedas

Francisca López

A Manuel L.

Manolo llegó obsesionado con la profesionalidad, un bien que, decidió inmediatamente, escasea-
ba bastante en aquella institución. Era un profesional
de altas calificaciones cuya enorme erudición aireaba
sin reparos en momentos apropiados o no. Además
de erudito, Manolo era mulato, ocultista, diversexual
y tan bajito que casi podía decirse disminuido físico.
Por esta razón, llevaba siempre unas botas de cowboy
de generoso tacón, especialmente diseñadas para él, y
un sombrero con dos plumas, que lograban el efecto
óptico de que pareciera entre 10 y 15 centímetros más
alto de lo que era. Su altura, en verdad, ya no le pre-
ocupaba; desde que había encontrado una manera sa-
tisfactoria de disimularla, casi no recordaba sus ver-
daderas medidas. Lo peor era que en la institución en
que laboraba no supieran apreciar en lo que estaba
claro que valía su singularidad. Allí, que ya tenían
otros mulatos y otros ocultistas y otros diversexuales,
no veían en él más que otro de los números que en-
gordaban la cifra de diversos requerida por el pro-

grama de *Positive Inaction*. Pero Manolo era especial. Lo era porque acogía generosamente en su persona no una sino varias marcas que lo hacían diferente. Y lo era, sobre todo, por su profesionalidad, su enorme erudición y su dedicación incondicional a la causa de la legalidad.

Debía sentirse muy solo entre tanto mediocre aprofesional, así que cuando la dimisión inesperada de Pedro dejó una plaza vacante, Manolo empezó a planear las conversaciones pertinentes con las personas pertinentes para que el puesto vacío terminara ocupándolo alguna pertinente alma gemela. Sus tacones se oían resonar por los rincones más recónditos y su sombrero se adornó de más plumas que nunca. Fueron días agotadores, de intenso trabajo, pero no le importaba porque sabía que todo ese frenesí bien podría valer la pena (como aquel París, que bien había valido una misa). Infatigable, se levantaba temprano, se plantaba en sus botas y salía a estudiar los movimientos del ganado para, llegado el momento, actuar deprisa y sin dudas.

La prima de Sara había solicitado la vacante, pero había que hacer las cosas de manera profesional, como les explicaría a todos con mucha calma Manolo. La tal prima, mulata y ocultista, como él mismo, además de mujer de currículum bien abultado, seguro que tendría el apoyo de algunos de esos ignorantes que no saben distinguir un mulato diferente —*actually diverse* — de otra que no lo es. El se encargaría de instruirlos. Empezaría con Jane; se acercaría a ella *with tact and professionalism, of course*. Aunque debía de andarse con vista porque la tal Jane era otra aprofesional como los demás y no se sabía muy bien por dónde cogerla; muy buena cara, muy razonable y muy dispuesta, pero nunca se podía estar seguro de qué baza se reservaba para el final. Serpiente venenosa, como todas las mujeres; aunque por suerte, también como casi todas, torpe y sentimental. No creía que fuera difícil llevarla a su terreno.

Sara era menos emotiva, más racional, fría y calculadora. A ésa había que neutralizarla; con profesionalidad, claro. Lo primero era asegurarse de que aceptara lo que debía ser su posición en el proceso. Toda información le sería vedada. Cuanto menos supiera y con más *professionalism* acatara su deber de mantenerse al margen, mejor. Iba a ser difícil, siendo como era parte integral del mismo departamento. Manolo lo habló, en una reunión altamente profesional, con el encargado de *Positive Inaction*, con quien tenía línea directa (más o menos como el Papa con San Pedro). Y, muy profesionalmente, les comunicó a todos lo que había aprendido en esa reunión: Por supuesto que no, absolutamente no; Sara no podía tener ni la más ligera idea de lo que estaba pasando. La jefa iba a temblar por sus carencias e incompetencia; por haber tenido la desfachatez de no recordarle la prohibición de que entrara en el cuarto donde se guardaban los archivos, una ilegalidad. Había que ser ingenua y aprofesional para no pararse a pensar que Sara querría curiosear las cajas en las que se guardaba lo que debía ser *top secret* para ella. Los tacones de Manolo apuñalaban el silencio y las plumas de su sombrero se empinaban con indignación.

Esas fueron las fechas por las que Manolo empezó a usar otra de las que serían en los próximos años sus palabras favoritas, legalidad. Sara se quedó al margen y los demás, siguiendo a rajatabla la letra de la ley, entrevistaron a montones de candidatos. De entre ellos y, siempre de acuerdo con parámetros estrictamente profesionales, seleccionaron tres finalistas. La Prima constituía la cuarta persona a considerar porque, concedía Manolo, siempre magnánimo cuando creía estar a punto de lograr sus objetivos, darle una oportunidad era lo profesionalmente correcto. Era una oportunidad que todos voceaban y que casi ninguno consideraba muy seriamente, pero Manolo no podía saber eso; así que fue el más generoso insistiendo con seriedad en que, por supuesto, la Prima merecía entrevista —de cortesía—. Si hubiera sabido que de los tres finalistas, dos retirarían su candidatura, habría pensado mejor lo de la entrevista de cortesía estrictamente profesional. Pero no era cosa de lamentarse; a lo hecho, pecho. Aun quedaba el tercer candidato. El chico era ideal y había sido su favorito desde el principio: Hombre, inteligente, culto, mulato y ocultista, por supuesto y, quién sabe, con un poco de suerte a lo mejor hasta era diversexual, aunque no lo parecía. Ya se encargaría Manolo de que todos vieran su valía. Tacones y plumas se pusieron en movimiento y los pasillos se llenaron de conversaciones rápidas que cesaban si aparecía Sara en el horizonte. La posibilidad de que el chico-candidato-favorito pudiera tener ofertas más atractivas o de que no le gustara lo que ellos ofrecían ni se le pasaba por la cabeza a Manolo.

La reunión en la que debía tomarse la decisión final, aunque muy profesional, fue larga y traumática —literalmente; un paso inadecuado del pie izquierdo de Manolo con su enorme tacón le había producido terrible pisotón a Jane y torcedura de tobillo al mismo dueño de la bota. Sara andaba por allí y todos eran más que muy conscientes de su presencia. Alguno había que habría preferido no encontrársela por el pasillo, no le fuera a notar su falta de interés en la Prima. Ella debía sentir algo muy similar porque, durante los últimos días, se mantuvo bastante al margen de todo y de todos. Ese día, el de la reunión, apareció por la mañana y les hizo cara. Segura de sus deberes y derechos, no la fueran a acusar otra vez de manejos ilegales, se paseó por los pasillos y los forzó a todos a mirarla a la cara. Manolo creyó ver en tal gesto la muestra de una conspiración general contra él y empezó a perder pie. Una cosa era una cosa y otra echarse a todo el departamento en su contra. Los demás pensaron que, después de todo, a lo mejor Manolo tenía razón y Sara era una arrogante insufrible. Desde luego, no era santo de la devoción de ninguno y para la mayoría de ellos su presencia era suficiente; ni pensar a qué grados llegaría su arrogancia si además tuviera allí a la familia para arroparla. Nadie estaba en plan de cuestionarse, y por lo tanto no lo hacían, las razones reales de esta falta de entusiasmo por Sara. Para Manolo, que por supuesto, la consideraba una colega excelente (así, sin calificativos más concretos), la cuestión era simple: la Prima no era lo suficientemente buena (así, sin calificativos más concretos) para ocupar la vacante. Cierto que Manolo había defendido en el pasado y volvería a hacerlo, siempre muy profesionalmente, a otros candidatos con curriculum menos brillante. Pero los tacones, las plumas y, tal vez una genuina convicción de estar más allá de intereses puramente personales, le impedían ver esa realidad.

Concluyó la reunión, pero no se resolvió el conflicto. Con tanta pluma y taconeo ahora cojitranco, terminaron sin candidatos, sin Prima y sin Sara que, enojadísima, hizo mutis, dejándolos a todos plantados. A Manolo no sólo no le importó, sino que respiró aliviado, pensando que después de todo existe justicia en el mundo. En el lugar de Sara y en el que debería haber ocupado el chico-candidato-favorito, que pudo haber ocupado la Prima, y que no ocuparon ninguno de los dos, se pusieron otros colegas encontrados en el último momento. Ya se buscaría bien, con ahínco, el próximo año porque éstos, desde luego, eran otros dos incompetentes que ojalá y terminaran sus contratos sin causar demasiado revuelo. Meses después, por tanto, volvieron a empezar. Anuncios, solicitudes, selección, entrevistas, nueva selección, más entrevistas y la selección más selectiva, ad infinitum.

Después de numerosos intentos y de varios años de búsquedas infructuosas, Manolo encontró por fin su alma gemela. Su felicidad no podía ser más completa. Sus tacones hacían música en contacto con el suelo y sus plumas desprendían brillos nunca antes vistos o siquiera imaginados. Por fin había alguien que realmente entendía sus palabras cuando él se quejaba de la falta de profesionalidad de unos o de la incompetencia de otros. Por fin un ser superior; como él incomprendido y nunca debidamente apreciado. Por fin otro hombre con una mente brillante como la suya, dispuesta a iluminar los oscuros prados en los que ambos estaban obligados a ver pastar al ganado, a pesar del apoyo constante del encargado de *Positive Inaction*, con quien seguía teniendo línea directa (como el Papa con San Pedro). Por fin la mediocridad superada por dos seres cuyas abundantes marcas diferenciales eran símbolo de su mayor valía intelectual y espiritual. Por fin otro colega tan competente, profesional y vigilante de la legalidad, costara lo que costara, como él mismo.

Manolo y su alma gemela se reunían por las mañanas a tomar café y se congratulaban por haberse encontrado, tras denostar a la banda de incompetentes que poblaban los pasillos del edificio en el que trabajaban. Durante el almuerzo, pasaban revista a lo que se hacía o se dejaba de hacer para descubrir inmediatamente cualquier manejo ilegal. Debían hacerlo con sumo cuidado porque la jefa era una dictadora sibilina cuya arbitrariedad apoyaban sus compinches, que estaban por todos lados. Con el café de la tarde, planeaban la mejor manera de proceder para asegurarse de que se haría justicia de una vez por todas y se castigaría (incluso físicamente, con azotes, si hacía falta) a todos los miembros, sin excepción, de ese ente homogéneo que era aquel departamento. ¿Cómo se atrevían los otros mulatos y diversexuales que allí trabajaban a aliarse con el poder y olvidar lo que debía ser su postura, la única posible? Y es que lo peor de todos ellos, aparte de sentar precedente atreviéndose a ser diversos de maneras diferentes, era esa profunda y preocupante falta de profesionalidad que los conducía irremediablemente a la ilegalidad. Tras la cena y unas copitas, tranquilizantes o cualquier otra droga legal, se miraban el uno al otro y se preguntaban mutuamente: —Espejo, espejito mágico, ¿quién es la persona más diversa y profesional del mundo?— A lo que ambos se contestaban al unísono: —Tú, mi amo y señor.

Y así pasaron unos meses de total armonía, a pesar de la pandilla de incompetentes quiebraleyes con los que debían compartir su espacio. Pero un día apareció por allí Blancanieves y fue visto y no visto. A Manolo se le olvidaron todas sus características diferenciales y se enamoró de la muchacha de labios rojos como la sangre y piel blanca como la nieve que, por cierto, le dio calabazas porque su declaración había sido poco principesca, poco ¿profesional? El nuevo colega, no pudiendo soportar la afrenta que le había hecho Manolo al enamorarse de Blancanieves, lo raptó, lo montó en su nave espacial y se lo llevó a su castillo en Marte, desde donde mandan rayos y centellas de vez en cuando. Blancanieves, que había llegado para quedarse, cautivaba cada día más corazones. En el departamento, tanto como en la institución en general, no pueden acabar de creer que todo haya terminado para siempre. Y hasta hay alguno que no puede evitar la repentina visión de Manolo, imponente sobre caballo blanco, con lazo en la derecha, sombrero, plumas y botas de *cowboy* con espuelas, intentando conducirlos a todos a los verdes prados de la profesionalidad y la legalidad. Afortunadamente, se trata de alucinaciones pasajeras que no logran interrumpir la, por fin lograda, calma de su armónica diversidad.

Ella y la Norton

Claudia Aburto Guzmán

a Meredith Abarca

Al montar la moto recuerda aquel cuento de
Cortázar. Lo había leído durante su primer curso de
literatura hispanoamericana, el segundo año de universidad: *Había sido un sueño en el que había andado por
extrañas avenidas de una ciudad asombrosa, con luces verdes y rojas que ardían sin llama ni humo, con un enorme
insecto de metal que zumbaba bajo sus piernas.* Desde entonces había querido andar en motocicleta. Pero desde mucho antes ella quería ser pájaro. No por la vista
desde lo alto, ni por el cielo raso sin fronteras, o por
todo aquello que se decía comúnmente cuando se re-
fería al vuelo del pájaro. No, quería serlo por la velocidad que eran aquellos capaces de alcanzar. La que al
zambullirse en el éter hacía que el corazón latiera entre asustado y dichoso, entrecortando el aliento. El
cuento aquél, años atrás, había cristalizado la posibilidad de fundir ambas cosas.

Ahora aprieta el botón que hace que la batería
mande una corriente eléctrica a los pistones. La Norton arranca y ronronea haciendo que la vibración co-

rra desde su columna vertebral hacia las manos que descansan sobre el tanque. Sus pensamientos, por medio segundo, responden al lento mecer del motor: sólo hicieron 4,000 motos como ésta. Luego sonríe y vuelve a recordar la línea del cuento.

Mientras espera a que se lubriquen las coyunturas calcula que han pasado quince años desde que lo leyó por primera vez. Entre tanto las calles de esta ciudad han sido rediseñadas, algunas han cambiado de nombre. Para llegar de un lado al otro de la ciudad, hoy toma una hora, a veces más. Lo que antes era periferia, ahora es un suburbio más. Pero en esta mañana tales detalles no importan. Es temprano y la Avenida Broadway todavía no está congestionada, por lo tanto se da cuarenta minutos para llegar.

Entonces recuerda que de estudiante había querido ser libre aunque no tenía una idea exacta de lo que era ser libre. En la clase de historia le habían enseñado que ser libre era no ser esclavo... tangencialmente piensa en todos los héroes muertos cuyos nombres había almacenado en la memoria pero que en la clase de historia nadie mencionaba. Estos decían que ser libre tenía que ver con la dignidad, con el sueldo y trato justo ante la ley y ante aquel Dios que por momentos para ella dejaba de existir. En cambio, en su clase de literatura, la profesora había dicho cautelosamente que ser libre era poder escoger nuestra forma de vida sin temer el castigo social. Las normas petrificadas forzaban a los individuos a repetirse ad infinitum, decía ella, aún cuando esa vida era la muerte en vivo, y aún sabiendo que a la hora de la muerte esa monotonía era lo único que recordarían haber vivido.

Desde esas cavilaciones había pasado mucho tiempo aunque no tantos años. El calibre de los sustantivos con los cuales se definía la libertad ya no resonaban con dejos heroicos. Más bien retumbaban con un dramatismo que cubría intenciones censuradoras. Ser libre, le decían los personajes de la televisión de mil maneras diferentes, ser libre es poder tener opciones cuando íbamos de compras. La competencia mercantil era la máxima expresión de la libertad. Sólo entonces puede el consumidor practicar el libre albedrío ampliamente, escogiendo de la abundancia de productos a su alcance aquél que le ha de traer el mayor placer. Cuando ella se encuentra frente al televisor tiene que consentir que su Norton color *royal blue* le brinda un placer sin igual.

Y es que antes de la Norton que tiene hoy entre las piernas había tenido tres motos. La negra, una Suzuki *LTD* 450, usada, común y corriente, llegó a ella con una historia dudosa. Se la habían vendido con sólo ocho mil millas. Al preguntar por qué una moto de los 80 tenía tan pocas millas le contaron que había botado a su primer dueño. Este, creyendo que podría volver a montarla la guardó por unos años, aunque nunca pudo reponerse del golpe. El segundo nunca se sintió satisfecho. Algo en la moto lo hacía sentirse inseguro. Cuando perdió su trabajo, fue la excusa perfecta para deshacerse de ella. La excusa de aquél había sido una ganga para ella que aún era estudiante.

La compra fue casi impulsiva. Por ochocientos dólares había logrado un sueño que fue haciéndose más apremiante por mientras más infeliz se encontraba con la naturaleza de sus estudios. Los libros siempre fueron su escape pero ahora eran usados para encajarla dentro de un sistema de producción que requería de ella una función especializada. Fue cuando empezó a sentirse atrapada. Todo a su alrededor limitaba su campo de acción, incluyendo la creciente población que la forzaba a tomar más y más precauciones para poder andar con una fachada de seguridad. La moto fue su manera de aferrarse y actuar una libertad que desde la muerte de sus héroes se iba haciendo borrosa, difícil de definir e imposible de identificar. Pero la Suzuki era pesada y sólo al tomar la carretera abierta, arterias que la llevaban hacia otros pueblos, podía ella sentirse como pájaro.

Al poco tiempo de comprar la moto cambió de carrera y vendió la Suzuki. Le dolió tener que venderla, pero la moto resultó ser incontrolable. La primera vez que la botó le dio la oportunidad de cambiarle el manillar de conducir. Le hizo poner uno más compacto, menos Hollywood de los 70's. Con el nuevo manillar lucía más rápida y ella se dejó llevar por el nuevo *look*. Salía a las carreteras periféricas buscando aquélla que no tuviese distracciones. Ahí la dejaba abrirse y la Suzuki se deslizaba mientras el sol acariciaba su tanque tan brillante como el plumaje de un cuervo. Cuando la desmontó por segunda vez cayó rodando cerro abajo, aunque la moto quedó en la carretera. Desde los altos parecía mirarla de lado, reprochándole su falta de experiencia. La vendió al mes, después de cavilarlo mucho y de haber dejado de cojear por el golpe.

La segunda moto era pequeña, roja pero sin gracia. La usó sólo para que la llevara de un lado de la ciudad a otro. Cuando terminó la carrera la vendió y no volvió a pensar en ella. Su nuevo salario le permitía abarcar máquinas más prometedoras, de hecho se esperaba que ella manejara algo más deseable, así que aprendió a sentir vergüenza cuando la mencionaba. Al encontrarse con la marca Norton supo que cumplía con los requisitos de su nuevo estatus, a la vez, la tercera moto le rendía placeres que no había imaginado fueran posibles. Esta era más liviana que la primera y más firme que la segunda, ya que las Norton habían sido originalmente diseñadas para correr. Sus orígenes databan a 1898 cuando James Landsdowne Norton comenzó a construir una moto que resistía la velocidad, y que cabía elegantemente entre las piernas de un hombre.

Pero esa Norton color plomizo venía de segunda mano. Por años había estado en manos de un maniático inglés que la chocaba para luego reconstruirla. Quería castigar a las nuevas Norton por la muerte de su padre durante la segunda guerra mundial. Él decía que aquélla de 16 hp había causado la muerte de su padre. Mientras inspeccionaban la moto él le contó la historia de su progenitor:

—Cien mil motos Norton participaron en la guerra a favor de los ingleses. Mi padre era mensajero y el centro de inteligencia lo mandó a que avisara la posibilidad de un bombardeo. El aviso lo había dado un chino llamado Yu Tsun, nieto de aquel otro Yu Tsun que fue capturado por el capitán Richard Madden, pero no antes de haber matado a Stephen Albert, traicionando así a los ingleses. Esta vez Yu Tsun era espía a favor de los de Liverpool. Intentaba borrar la deshonra de su abuelo, infiltrando los deseos eróticos de las alemanas: las esposas de aquellos que se codeaban con aquel maniático embigotado. Yu Tsun nieto, con su índice delgado y de uña femenina, había señalado en el mapa cuál ciudad sería bombardeada al día próximo en las horas de la madrugada. Mi padre recibió sus órdenes, se montó en la Norton y salió volando. Sabía que no podía tomar las carreteras centrales porque podrían marcarlo, por lo tanto tomó las carreteras de pueblos chicos. Muchas de éstas eran de piedra y tierra y el invierno había cavado hondo, haciendo que la tierra se derrumbara, dejando huecos inmensos. Los camiones maniobraban alrededor de estos o pasaban por encima, profundizándolos. Mi padre apurado intentaba evitar caer en uno de ellos. Tenía completa confianza en su Norton, producto de la ingeniería inglesa. La dejaba guiarse casi sola, como si la Norton tuviese un sexto sentido que le permitiera darle la vuelta a último momento a cualquier peligro en la carretera. Mas estaba lloviznando y la Norton no podía ver claramente. En una de esas cae en un hoyo, agotada pero dispuesta a todo brinca tomando vuelo. Mi padre voló con ella, feliz, aunque consciente que ésta era una misión que urgía. Se recostó sobre el tanque, abrazando a la Norton antes que ésta volviera a tocar tierra. La Norton susurró entrecortadamente. Al tocar suelo los resortes se quejaron, aún así aguantaron el aterrizaje. Pero antes que mi padre se diera cuenta la cadena se partió en dos y entrecortó los radios de la rueda trasera. En segundo y medio volvía a volar, esta vez sin la Norton que yacía torcida en la carretera. La sorpresa fue tal que no tuvo tiempo de recuperarse y darse vuelta para no caer en el ángulo que le dio la muerte. El cuello se le partió en dos y cuando lo encontraron, su cabeza yacía tan lacia como aquella Norton que ya no pudieron arreglar.

Charles, quien era niño en ese entonces, juró vengarse. En los setentas, ya mayor y con dinero, se compró una legendaria Norton Commando y la maltrató hasta el día que se la vendió a ella, exhausto y ya sin fuerzas para desarmarla una vez más. Con la Commando ella aprendió a andar sin temor. Podía subirse a las veredas, bajar escaleras y saltar grietas de construcción si lo necesitaba. Podía cortar en frente de los autos tal cual lo hace un buen taxista que sabe aprovechar la sorprendente agilidad del VW Beetle hecho en México, aquel auto del lumpen, por lo menos hasta que se estableció el Nuevo Orden.

Con la Commando ella volvió a tomar las arterias que la conectaban a otros pueblos. En uno de esos viajes se auto-convenció que la libertad se adquiría por medio de la información. Entonces se educó, aprendió todo lo habido por saber sobre las motos. Aprendió sobre su mantenimiento básico, su historia, marcas y evolución. Mientras leía se fue formulando la idea que la Norton representaba un concepto de libertad mucho más digno que la Harley Davidson, por ejemplo. Era una libertad heroica. La Norton había demostrado estar dispuesta a entrar en batalla por ella, ergo esa fama sentimental que acompañaba a su legendario record en las pistas de carrera.

En cambio la Harley sólo había servido para pasear a íconos hollywoodenses como Marlon Brando, Peter Fonda y Mickey Rourke. Los últimos dos decían hastiarse de la rutina democrática y rebelándose se escapaban hacia las carreteras perdidas, dándole la vuelta a las ciudades donde todos los reconocían. De ahí la imagen del *easy rider* sin casco y con el pelo al aire que había cultivado Peter Fonda. El único con fama de motociclista que alcanzaba a insinuar la libertad cuyos dejos ella reconocía era, tal vez, Steve McQueen. Y éste había muerto hasta en el canal de las películas clásicas.

En los últimos tiempos había surgido la Honda Sport de unos 1700cc que sólo un actor que gana la escandalosa cifra de veinte millones por película, como Tom Cruise, podía manejar. Las Hondas eran toda una paradoja. Las versiones más pequeñas, de unos 700 u 800ccs eran codiciadas por los jóvenes universitarios que abrazaban la idea del Nuevo Orden. Este les prometía éxito, fama, grandes cuentas bancarias, pero para tener símbolos de estatus de calidad tendrían que comprar marcas japonesas y diseños europeos. Quién les pagaba y de quién compraban parecía ser de poco interés para estos jóvenes que querían parecerse a Tom Cruise con su chaqueta de aviador y sus lentes Ray Ban, hombre no muy alto pero que siempre se quedaba con la chica escultórica de la película.

A ella la Honda no la convencía. Tenía un no sé qué de vanidad que no soportaba. Tal vez eran esos *designer colors* con que pintaban los enormes tanques de gasolina. Tal vez era que el porte del tanque insinuaba necesitar demasiado combustible en tiempos que las invasiones bélicas se hacían a causa de la falta de aquél. O tal vez era porque el sol calentaba el tanque y éste tan grande rozaba sus pezones, calentándolos incómodamente. Pero quizás era simplemente porque a la Honda le faltaba historia y por lo tanto no podía intervenir en los discursos de libertad que ella manejaba.

Mas llegó el momento que la libertad subió de

precio. Para reparar a la Norton, cuya infraestructura se había debilitado a causa del abuso doméstico, tuvo que mandar a pedir las piezas a Inglaterra. Después, encontrar un mecánico que la conociera y que estuviera dispuesto a desarmarla con cuidado. Todo esto era costoso. Además el proceso empezó a repetirse a menudo. El trabajar para mantener la moto le pareció contrario a lo que experimentaba cuando subía a ella. Pronto empezó a montarla con el temor que se dañara. Temía un bache en la carretera, un roce con un taxi, un piedrazo de algún chiquillo callejero, una llanta rajada por algún pervertido que no encontraba otra manera de acercársele. Por lo tanto decidió estacionarla, cubrirla y encontrar otro tipo de libertad.

Intentó ser como los demás: taxis, buses, metros, bicicletas, caminatas, un auto en el cual se sintió aún más atrapada, hasta patines usó por un tiempo. Pero a todo le faltaba esa referencia a aquel cuento leído hacía ya años. El *zumbido del insecto* bajo las piernas abarcaba el concepto de libertad que a ella le gustaba articular ahora que todos sus héroes habían muerto y que ella misma formaba parte del Nuevo Orden. Finalmente decidió comprarse otra moto. Buscó un representante de las Nortons en el *Internet*. Por casualidad se enteró que el mejor diseño estaba saliendo de Oregon. Un norteamericano de esos calvos prematuramente había recibido la patente para un diseño nuevo. La compañía se había dado cuenta que este hombre restauraría la fama de la Norton. Su lealtad se evidenciaba en el cuidado que prestaba al reconstruirlas. Nunca las contaminaba con partes hechas en Corea. El contrato de la Norton americana comprendía la manufactura de 4,000 motos. Ella inmediatamente se comunicó con él y ofreció de enganche su Norton inglesa estacionada hacía dos años.

Hoy, hace seis meses que tiene ésta de azul monárquico. Desde el primer día fueron a todas partes juntas: el super, el cine, el mall, la oficina del doctor, su oficina en el centro histórico de la ciudad donde defendía a cualquiera con su practicada creencia que lo hacía en nombre de la libertad. También iban de paseo, por la costa A1A o por algún camino periférico que la acercaba al Océano Pacífico donde se juntaban las ballenas a socializar. Ayer por la mañana habían tomado la carretera I-10 para venir a pasar algunos días a la sombra de los saguaros en Tucson. A pesar de lo largo que fue el camino, al llegar todavía se sintió con energías. Pensó que era porque ella, a pesar de lo que habían dicho los doctores, en realidad se encontraba saludable. Después, ya con más humildad le dio gracias a la Norton; sabía que su agilidad le permitía a ella sentirse menos agotada.

En el desierto visitaron a unas amigas que la conocían desde que ella era universitaria y todavía andaba en aquella motito vergonzosa. Al entrar a la casa de Lisa y Lynn se sintió reconfortada. Hacía diecisiete años que las dos estaban juntas pero solamente hacía tres que habían decidido compartir el mismo techo. Cuando el hijo de Lynn ya con veinte años se fue a Seattle, ellas decidieron vivir juntas. Lisa echaba de menos a su hijo adoptivo y ambas se dieron cuenta que no sólo se amaban sino que también necesitaban compartir sus vidas sin pretensiones. Una vez tomaron la decisión ella las representó ante los abogados cuando compraron la casa. Poco después, al estacionar la Norton inglesa, las había dejado de visitar. Pero ahora necesitaba estar en compañía de personas que la conocían y la querían genuinamente así que con alegría había tomado la carretera para llegar hasta acá.

Ayer, al atardecer, ella les había contado sobre el tumor tras el ojo que el doctor le había mostrado en las radiografías. El doctor se había sorprendido por el tamaño, las ramificaciones y por la falta de aviso, ya que hacía menos de un año que se había chequeado. Estos fueron detalles que no compartió. Sus amigas, tal cual ella lo deseaba, hicieron las mismas preguntas que la vez anterior, por lo tanto no tuvo que pensar mucho sobre las respuestas y los por menores. Luego se sentaron a escuchar música con vasos de tequila. A las ocho salieron al patio de atrás donde tenían una fuente con una estatua de San Francisco de Asís rodeado de pájaros. Allí bailaron bajo la luna que anoche estaba llena. Desde el patio ella vio a la Norton estacionada, reluciente bajo esa luz que en el desierto tiene destellos color leche con curry. Siguió bailando, incluyéndola en sus movimientos. Una hora más tarde las tres, abrazadas, volvieron a entrar. La luz tenue de las velas que encendieron cobijó su figura. Se sentó en el suelo y ellas desde el sofá le acariciaron el pelo. Siguió un silencio sagrado que sólo fue interrumpido cuando Lisa que era vidente afirmó pausadamente, —Has puesto todos tus papeles en orden—. Ella contestó sin apuro, —Sí, pensé que sería lo mejor.

Lisa y Lynn eran de las que se acostaban temprano, por eso antes de retirarse Lisa le dijo lo del cantante latinoamericano que tocaba los sábados en el restaurante bar Mi Tierra. Una vez ellas se acostaron decidió que saldría después de lavarse el pelo. Mientras se lo lavaba recordó que la primera vez ella misma se lo cortó. No podía concebir que las manos de un extraño le afeitaran la mitad del cráneo, formando una laguna por donde podían hurgar sus sesos. Al año y medio cuando le volvió a crecer fue como si nada hubiese ocurrido. Como si se lo había cortado para ver si podía con lo de ser monja budista, y nada más. Ahora, sentada en la moto, se pasa la mano por la cabellera, estimula la nuca con sus dedos, pesa el cabello que tiene y luego se pone el casco color sol del atardecer.

Anoche, al llegar al restaurante bar el talento del cantante la sorprendió. Tocaba la guitarra con entrenamiento clásico, sacando de ella tonos redondos, cálidos y a la vez, tonos cortos y feroces con los que lograba mantener el ritmo estricto de algunas canciones. Aunque gran voz no tenía, era barítono con timbres de bajo, su voz lograba llenar el lugar con cierta frescura, brío y dejos de melancolía. Su entrenamiento le permitía alcanzar algunas notas altas pero no las sostenía, estableciendo así un estilo con el cual iba dictando su arte de interpretación. Era bastante alto, detalle que hacía lucir más frágil a la guitarra, aunque la equilibraba perfectamente a un ángulo de treintatrés grados. A pesar de su tamaño descansaba el brazo derecho sobre el aro inferior de la guitarra sin sofocar su cintura.

Ella tenía la teoría que un hombre delataba su capacidad para la intimidad de acuerdo a cómo sujetaba el instrumento. Si hundía el aro inferior entre las piernas, cubriendo la meseta del aro superior con su pecho, ese hombre era demasiado controlador. Querría siempre estar demostrando su proeza sexual, intención que complacería a la mujer al principio y luego la forzaría a encontrar algo más intelectualmente estimulante. En cambio, si la sostenía de lado, ese hombre no sería capaz de entregarse emocionalmente y resultaría mezquino en la cama. Los que tocan así, pensaba ella, son los que lucen más relajados, aparentando no tener pretensiones. Usualmente tocan canciones con *feeling* que hablan de soledad y de amores ausentes. De ahí que atraen con ademanes delicados y practicada sensibilidad pero comúnmente andan de mujer en mujer. Y es que, descansando la cintura de la guitarra sobre el muslo derecho la guitarra resulta ser un accesorio, no una compañera de expresión, concluía ella a menudo. Por otro lado, el perfecto equilibrio con el cual el cantante sujetaba la guitarra apuntaba a gran sensualidad. Las noches de amor, probablemente serían largas, lentas y de besos suaves y mojados. Parecía prometer que habría tiempo para todo. Claro, esas eran sólo teorías suyas, teorías que se permitía elaborar con detalles gráficos y una sonrisa en los labios.

Mientras lo escuchaba fue relajándose. Al mirar a su entorno se dio cuenta que no era la única cuya respiración se hallaba alterada. La respiración de todos los espectadores humedecía el recinto, haciendo que brotaran de las hojas de las plantas gotas de placer. Su sonrisa se profundizó y descansó contra el respaldar de la silla. Al poco tiempo la letra de las canciones le recordaron una foto de Víctor Jara. El cielo chileno dominaba la parte superior de la foto. El se encontraba parado, abrazando la guitarra, sus ojos mirando a lo lejos. La guitarra era una extensión del pecho que llenaba con aire para que luego éste saliera convertido en una voz tan dulce y certera que la conmovía, silenciándola, como le sucedió esa vez al oír los susurros de los creyentes en la Basílica de la Virgen de Guadalupe.

Más tarde cuando decidió darle una vuelta nocturna a las faldas de las Montañas Catalinas pensó cuán fortuito había sido su ida al restaurante. No había manera que Lisa ni Lynn entendieran el significado que tenían para ella las canciones oídas esa noche. De hecho, ése era el gran problema: cómo explicar a seres tan pragmáticos, pero leales cuando amaban, la añoranza que despertaban en ella esas canciones que hablaban de libertad en términos ideológicos, la misma que era continuamente traicionada por aquellos más parecidos a ella. Cómo explanar el por qué la mirada del Che había impregnado su imaginación de niña, mientras las canciones de Mercedes Sosa todavía surgían del ronroneo de la moto entre sus piernas. Cómo describir ese sentir que suspendía el tiempo cuando las serpientes de Silvio Rodríguez flotaban en el aire. No, no sabía cómo.

Pero sí sabía que aunque había caminado grandes trechos a lo largo de estos años –aprendiendo las maneras del Nuevo Orden, los códigos que le permitían por ejemplo recibir sin culpabilidad alguna el placer de la Norton-- todavía existía una parte de sí misma, esa parte inarticulada, esa sombra que se remecía cuando el canto aludía a la historia. Desde siempre la acompañó aquélla que creció como eco de un sueño truncado, de algo que debió haber sido de ella pero sólo lo encontró un día entre las líneas de un cuento. Esa sombra que a veces la urgía a anolar nombres y melodías en su mente como la lengua anola el dulce en la boca.

La Norton está lista. Los *rpms* rítmicos le susurran que es hora de partir. Se pone un chicle en la boca para endulzar los sentidos y endereza la rueda delantera, con la mano izquierda aprieta el *clutch* y con el pie izquierdo la pone en primera. Antes de soltar el *clutch* y acelerar con la mano derecha se cerciora mentalmente que les ha dejado a Lisa y a Lynn una nota diciendo que va a dar un paseo por el Saguaro Monument - West antes de desayunar. Luego parte, sintiéndose al instante un poco más libre.

El aire fresco contra el pecho la retorna a la noche anterior. Después del segundo set, las canciones aún retumbando en su memoria, había decidido irse a pasear a River Road. Al tomar con velocidad la carretera que serpentea las colinas de la ciudad se sintió libre, incorpórea, como si ella fuera el zumbido de la Norton. Hubo un momento que se sintió tan liviana que el cerebro le empezó a hormiguear. El peso del casco le molestó y estacionó en un claro del cerro para sacárselo. Ahí, ella y la Norton pararon para observar cómo el tiempo besaba a la noche. Cuando se sintió mareada pensó que era porque estaba presenciando un momento de *realidad alternativa*, como diría Lisa. Los músculos en torno a la cavidad que sostenía su ojo derecho empezaron a temblar bajo la presión causada por el intento de contener la visión que se abría ante ella. Un hueco sin principio ni fin la invitaba a dejar atrás tanto recuerdo y cavilación, y sencillamente se zambullera en lo que era la verdadera libertad. Se sintió temblar pero el calor de la Norton atrajo su atención y se dio cuenta que la temperatura había bajado repentinamente. Cosas del desierto pensó. Luego con un movimiento clásico tiró su pierna derecha por sobre la espalda de la Norton, montándola con una caricia. La moto contestó con un dulce ronroneo, tal cual contesta hoy camino a Gates Pass. El aire está fresco, no tan helado como anoche, por lo tanto ella y la Norton viajan a gusto, sintiéndose volar.

Cuando estudiaba en esta ciudad los sábados siempre le parecieron espectaculares. No tan flojos como los domingos, los sábados prometían aventuras sin igual. Hoy vuelve a pensar lo mismo. La Norton se desliza carretera arriba tan contenta como ella. Las dos abrazan las curvas que se desenroscan por entre los cerros poblados de saguaros. La primera vez que vio a los antiguos y silenciosos saguaros le parecieron soldados marchando hacia la cima, para luego perderse al otro lado. En ese otro lado, donde el sol llegaba tarde, los imaginaba batallando contra la extinción; sus brazos y cuerpos habitados por nidos de pájaros, cayendo, sus esqueletos descuartizados para terminar de adorno en algún respaldar de cama, o como mesa diseñada por un artista que decía comunicarse sensitivamente con los contornos. ¿Cómo será vivir trescientos años en un sólo lugar? piensa ella en el instante que un rayo de sol rebota contra el tanque azul monárquico.

Al llegar a la cima donde se encuentra Gates Pass, no apaga el motor. Ella y la Norton se sientan a mirar el valle hacia el oeste donde está el famoso simulacro de pueblo que es el Old Tucson. Allí se habían filmado las películas del oeste y aún hoy se filmaban escenas *retro* que referenciaban ese género de donde había surgido la imagen del *maverick*, ese disidente que lograba representar la nobleza bruta tan opuesta a la del bostoniano reprimido. Se ríe al reconstruir la imagen del último con el cabello engominado y los zapatos apretados, pero casi inmediatamente la conmueve la melancolía.

Nunca se le ha escapado la ironía que acarrea el bagaje territorial de las palabras. Un disidente en estas tierras es aquel *cowboy* que se enfrenta a la fuerza arrasadora de la naturaleza, sea a las faldas de las montañas rocosas como Robert Redford o en las arenas del desierto como Sean Penn. O es aquél que rechaza ser igual a los demás, prefiriendo subsistir a contrapelo de aquella gran civilización que hace años suplantó el caballo, tan arisco éste como su dueño. Mas un disidente en la memoria de la sangre que le fluye por las venas era aquél que aparecía en listas de desaparecidos o refugiados o emigrados a la fuerza. Estos últimos habiendo tenido que dejar atrás todo aquello que los reconocía e identificaba como miembros de una cultura diferente a ésta que ahora los categoriza bajo estrictos rubros de cuantificación. Mientras mira el horizonte hace memoria de los que han llegado a su oficina, buscando ayuda y contándole su historia.

La letanía de nombres la hace recordar una de las canciones que el cantante de anoche había interpretado. Las palabras le vienen junto al ritmo que el motor de la Norton amplifica: *Sólo le pido a Dios…* La plegaría marcial adquiere urgencia y los versos surgen de sus labios: *que el dolor no me sea indiferente / que la reseca muerte no me encuentre / vacía y sola sin haber hecho lo suficiente…* Con la canción retumbando dentro del casco decide cruzar el pase y bajar a ver si habían terminado de construir los edificios que hace poco se habían incendiado en el Old Tucson. La Norton feliz de volver a la carretera la toma con velocidad, respondiendo al brío con el cual ella está repitiendo los versos fuera de orden. *Sólo le pido a Dios / que la guerra no me sea indiferente / es un monstruo grande y pisa fuerte / toda la pobre inocencia de la gente…*

Ella se deja guiar por la Norton mientras canta más y más fuerte. Perdiéndose en las palabras intenta despistar el dolor que inesperadamente ha comenzado a taladrar la sien del lado derecho. Confiando completamente en la moto que va a todo vuelo carretera abajo, cierra el ojo derecho intentando evitar su temblor. *…que lo injusto no me sea indiferente / que no me abofetee la otra mejilla* … El sol vuelve a rebotar contra el tanque y ella tiene que abrir el ojo, ya que el resplandor la ciega momentáneamente. La Norton malinterpretando el apretón automático de la mano derecha, acelera. Ella se agacha sobre el tanque entregándose a la velocidad. *Sólo le pido a Dios…*

A medio descender el sol parece esconderse tras el cerro, oscureciendo la carretera de manera repentina. Ni ella ni la moto vacilan por la falta de visibilidad. Continúan el rápido descenso. Allá abajo, hacia la derecha, se ve la carretera que un poco más adelante da una vuelta de ciento ochenta grados. Ella recuerda esa vuelta y sabe que tiene que abrazar sin tensión la espalda de la Norton, dejarla que se incline lo más posible y mantener el pie derecho, junto a los dedos de la mano derecha, acariciando los frenos por si acaso. Vuelve a cantar confiando en la firmeza del zumbido entre las piernas: *Sólo le pido a Dios / que el futuro no me sea indiferente…* Entonces nota que no puede ver con claridad a cuánta distancia queda la vuelta porque parece haber anochecido. Se da cuenta que este pájaro que tanto placer le brinda va a tener que demostrar su destreza y agilidad de manera instantánea. Se prepara, la Norton ronronea y ahí está, de repente, la vuelta. Las dos quieren inclinarse a la misma vez para poder rozar el asfalto de la carretera. El viento y la rueda pugnan agregando un elemento estridente a la canción que todavía retumba en su mente. En la oscuridad la carretera se endereza y allá abajo ella ve destellos de otras curvas en la carretera.

Al enderezarse nota que su mano derecha se ha petrificado con el acelerador completamente abierto. La Norton le avisa que ya no puede ir más rápido. Ella se esfuerza por soltar el acelerador y repentinamente vuelve a salir el sol. Los *rpms* de la Norton, ahora armónicos con el ritmo de la canción, parecen perderse en el aire al no rebotar contra el asfalto. Las dos vuelan por encima de las faldas del cerro, teniendo amplia vista de la carretera que resplandece bajo el sol. Vuelve a recordar la línea del cuento y se siente pájaro. Entonces suelta el manillar de la Norton, extiende sus brazos a lo largo del horizonte y se impulsa con las piernas. La Norton le susurra un adiós. En el momento tiene la certeza que no habría tumor alguno que pudiera robarle este sentirse libre bajo el sol. Al oír el aterrizaje de la Norton vuelve a cantar: *Sólo le pido a Dios…*

Agujeros negros

Francisca López

A Paz A.

La habitación está totalmente a oscuras. En algún momento, las tinieblas han empezado a ocupar la escena. Las sombras aparecen y desaparecen con la luz que proyectan las imágenes de un aparato de televisión que funciona olvidado en uno de los rincones. El cuarto está todo revuelto. Es pequeño, oscuro, húmedo, redondo; sin paredes ni puerta, todavía. La cama, con doseles y cortinajes rojos sangre de toro, no deja espacio para nada más, aparte del televisor del rincón, que luego será ventana desde donde la veas a ella. Huele a sexo reciente y tienes la vaga sensación de que él ha ido a por agua a la cocina.

Te incorporas y empiezas a llenar de cosas los bolsillos de la chaqueta, como si estuvieras preparándote para salir. Recoges tu carnet de identidad del rebujo de las sábanas e intentas meterlo en una cartera con llavero. Es demasiado pequeña. Juegas con ambos; primero un lado, luego otro. Parece imposible. Vuelves a empezar; esta vez más despacio. Se sale el lado que acabas de meter. Te paras un momento, respiras hondo y te concentras. Por fin lo consigues después de una sucesión infinita de minutos. Miras a tu alrededor, como esperando algo; a un lado y al otro, arriba y abajo. Sacas el carnet de la cartera y los metes ambos por separado en el bolsillo. Te levantas, te mueves en círculos por el cuarto y te sientas de nuevo en la cama revuelta. El carnet en el bolsillo te impide pensar. Quieres sacarlo de nuevo, pero vuelve a resistirse a tu necesidad de manipularlo. Lo intentas durante toda una eternidad. La falta de agilidad de tus dedos enfatiza el frenesí con el que se mueve el tiempo.

El no ha vuelto. Llegan ruidos de la cocina. Tu conciencia registra por primera vez el televisor, que ha estado funcionando desde siempre, y la oscuridad casi total de la habitación. Vuelves al carnet. Lo sacas del bolsillo, ahora sin dificultades, y empiezas a meterlo en un monedero. Este es más pequeño que la cartera con el llavero, pero curiosamente no se te resiste, lo que te permite lograr tu objetivo con rapidez. El transcurrir del tiempo ha ido perdiendo velocidad; se ha desacelerado, estirándose como si fuera chicle entre la boca y las manos de una adolescente aburrida.

Llaman a la puerta de la calle. El lugar que ocupaba el televisor acoge ahora una ventana al exterior por la que entra un poco de claridad. Levantas la mirada hacia la ventana y la ves, iluminada desde arriba. No la conoces. Nunca has visto a esta mujer, pero te resulta extrañamente familiar, como si hubierais convivido en un tiempo anterior al tiempo. Es alta, lleva el pelo muy corto y va toda vestida de negro. Parece muy sofisticada y segura de sí misma. De vez en cuando, te has fantaseado exactamente así. Saca una llave y abre la puerta mientras la sigues observando. No puedes apartar los ojos de ella, pero ya no la ves. Lo que se te implanta ahora en la retina es tu propia imagen; pequeña, en la oscuridad, sentada en la cama, ajena a todo lo que no sea mirarla a ella a través de la ventana; muy pequeña.

Te acucia una necesidad urgente de llegar a la cocina, pero la lasitud de tus músculos te mantiene pegada a la cama y tus dedos parecen no querer desprenderse del monedero que contiene el carnet que contiene… Debes llegar allí. Debes moverte. Te levantas sorprendida todavía de que tus pies hayan obedecido la orden del cerebro. Corres y, de pronto, te encuentras cara a cara con ella en un pasillo oscuro y demasiado estrecho para las dos. Vuestros cuerpos casi se rozan. Te mira desde la altura y tú le sostienes la mirada. Eres mucho, mucho más baja. Por un momento dudas de que sea en realidad una mujer. Te hace una mueca entre burlona y cariñosa. Tienes la impresión de que quiere comunicarte algo con la mirada, pero eres incapaz de descifrar el mensaje. Deseos de saber e impotencia; imposible descifrar el *puzzle* que conforman sus rasgos, tan iguales y diferentes de los tuyos.

Cierras los ojos un instante y se esfuma su figura. Al abrirlos de nuevo, los ves a ambos en la cocina, intensamente iluminada. El y ella riendo, charlando casualmente. El y ella altos y bellos; alegres, admirables, deseables. Te sientes excluida, como si hubieras desaparecido del radar de sus conciencias. Su aparente complicidad te deja fuera; fuera de la historia, fuera de la cama con doseles y cortinajes, fuera del cuarto pequeño y revuelto en el que acabas de hacer el amor con él, fuera de la casa, fuera del mundo. Fuera, sin techo, a la intemperie y a oscuras. Se besan en los labios. Son de la misma altura. Ves sus siluetas como proyectadas en sombras sobre la puerta de la cocina. El reflejo de sus cuerpos llena el único espacio iluminado a la vista. De nuevo, imágenes de televisión; protagonistas ellos de una historia lejana y ajena.

Los miras extasiada hasta que tu cuerpo reacciona por sí mismo y se pone en movimiento. Vuelves al dormitorio por el pasillo oscuro y retorcido. La cama y la ventana han desaparecido. Todo se ha esfumado; sólo quedan tus botas y tu chaqueta tiradas en el suelo. Las recoges y te diriges a la sala, que está justo al otro lado de la cocina; las puertas de ambos cuartos, casi en frente la una de la otra. Te mueves lentamente entre los muebles en este nuevo espacio desconocido, mientras los oyes reír y charlar. Rodeada de penumbras, te sientas en el sofá y te pones las botas. Vuelves a notar un aparato de televisión funcionando justo en frente de ti. Oyes sus risas y sus voces. Te incorporas. Te pones la chaqueta. Metes la mano en el bolsillo y tocas el monedero con el carnet. Lo aprietas entre los dedos mientras te diriges a la puerta de la calle. Recuerdas la cartera con el llavero. Has debido olvidarla en algún lugar; la cartera con el llavero y con la llave. Tus oídos recogen sus voces y sus risas. Tus ojos captan sus siluetas. La cocina es ahora un escenario que se muestra a través de otro televisor que emite sus imágenes sin descanso. Tus dedos acarician el carnet dentro del monedero dentro del bolsillo. Abres la puerta y sientes un golpe de frío seco. Tus pezones responden al estímulo sensorial del aire helado de la madrugada. Dudas un momento antes de cruzar el umbral y dar el salto. Tus pies tocan el vacío y tus manos se topan con los cortinajes rojos sangre de toro de la cama. Sientes el tacto de las sábanas en el vientre, vuelves la cabeza y encuentras su cara frente a la tuya en la almohada.

Claudia Aburto Guzmán, Ph.D.
Department of Romance Languages and Literatures, Bates College, Lewiston, ME. 04240
Teléfono: (207) 786-6049 Fax: (207) 786-8331
e-mail: caburtog@abacus.bates.edu

Claudia Aburto Guzmán, nació en Chile. Radica en los Estados Unidos desde los ocho años. Se desempeña como profesora de literatura hispanoamericana y de español en Bates College, Lewiston, Maine. Su trabajo creativo más reciente ha sido publicado en *Letras Femeninas*, *Revista Casa de las Américas*, *Barcelona Review* y en la antología *Más allá de las fronteras*. Es co-autora de dos libros de poesía: *Cuentos y Fragmentos de Aquí y Allá* (Ecuador: Editorial El Conejo, 2002) y *Deambulaciones Eróticas* (Cuba: UNEAC, 2004).

Francisca López, Ph.D.
Department of Romance Languages and Literatures, Bates College, Lewiston, ME 04240
Teléfono: (207) 786-6284
E-mail: flopez@bates.edu

Francisca López nació en Córdoba, España, y vive en los Estados Unidos desde 1985. Es profesora de lengua y literatura españolas en Bates College, Maine. Ha publicado trabajos de análisis literario; varios artículos y el libro *Mito y discurso en la novela femenina de posguerra en España* (Pliegos, 1995). Publicó su primer relato en la colección *Más allá de las fronteras* (Ediciones Nuevo Espacio, 2004) bajo el título "Una entrada de diario". En la actualidad, prepara una novela a dos voces con Claudia Aburto Guzmán.

Otros títulos publicados por
Ediciones Nuevo Espacio

Ficción

Ado's Plot of Land
Gustavo Gac-Artigas – Chile
A Bride Called Freedom-Una novia llamada libertad - Bilingual
Brett Alan Sanders - USA
Aún viven las manos de Santiago Berríos
José Castro Urioste – Perú
Bancarrota y cómo reconstruir su crédito,
Colección Manuales, Juan Gonzales Prada
Benedicto Sabayachi y la mujer Stradivarius
Hernán Garrido-Lecca - Perú
Beyond Jet-Lag
Concha Alborg - España
Buenos Aires
Sergio Román Palavecino - Argentina
Como olas del mar que hubo
Luis Felipe Castillo - Venezuela
Correo electrónico para amantes
Beatriz Salcedo-Strumpf - México
Cuentos de tierra, agua.... y algunos muertos
Corcuera, Gorches, Rivera Mansi, Silanes – México
El dulce arte de los dedos chatos
Baldomiro Mijangos - CDBook- México
El solar de Ado
Gustavo Gac-Artigas - Chile
Exilio en Bowery
Israel Centeno - Venezuela
La edad del arrepentimiento
Blanca Anderson - Puerto Rico
La lengua de Buka
Carlos Mellizo - España
La última conversación
Aaron Chevalier - España

Colección Academia:

Caos y productividad cultural
Holanda Castro - Venezuela

Double Crossings / Entrecruzamientos
Editors: Carlos von Son, Mario Martín Flores

Reflexiones, ensayos sobre 44 escritoras hispanoamericanas contemporáneas - 2 Vols.
Editor: Priscilla Gac-Artigas – Puerto Rico

The Ricardo Sánchez Reader / CDBook
Editor: Arnoldo Carlos Vento – USA

Concurso ENE 2003: antologías de trabajos premiados.

Más allá de las frontera: poemas
Más allá de las fronteras: cuentos

www.Editorial-ene.com

www.ingramcontent.com/pod-product-compliance
Lightning Source LLC
Chambersburg PA
CBHW031846170626
46807CB00004B/1647